SAVOIR-VIVRE

Creat cu pasiune şi savoir-faire. Un volum Baroque Books & Arts®.

Thorsten Havener

ȘTIU CE GÂNDEȘTI

traducere din limba germană de
MIHAI MOROIU

SAVOIR-VIVRE®

Colecție coordonată de Dana MOROIU

Thorsten Havener
Originally published under the title
ICH WEISS, WAS DU DENKST:
DAS GEHEIMNIS, GEDANKEN ZU LESEN

Imaginea copertei: Thorsten Havener / © Sammy Hart,
thanks to the Author's generosity
Concepție grafică © Baroque Books & Arts®
Lector: Rodica CREȚU

Descrierea CIP a Bibliotecii Naționale a României
HAVENER, THORSTEN
Știu ce gândești / Thorsten Havener;
trad. din lb. germană de Mihai Moroiu. - București: Baroque Books & Arts, 2020
Conține bibliografie
ISBN 978-606-8977-65-2
I. Moroiu, Mihai (trad.)
159.9

Tiparul executat de Master Print Super Offset

Iubite Christian,

această carte este pentru tine!

INTRODUCERE

Totul a început la 12 aprilie 1986. Din acea zi, nimic nu a mai fost cum era, viața mea s-a schimbat radical. A fost ziua în care fratele meu a suferit un accident mortal, în urma unui salt cu parașuta...

Câteva săptămâni după aceea, făcând ordine la el în cameră, am dat din întâmplare peste obiectele lui de recuzită folosite în numere de magie, cumpărate cu mai mulți ani în urmă. Fără să fi fost activ ca artist, fusese dintotdeauna fascinat de această artă, ceea ce-l făcuse să încerce executarea unor numere, după care renunța la fel de repede, deoarece contactul cu publicul nu-l atrăgea. Eu am fost altfel dintotdeauna și m-am bucurat încă din copilărie să apar în fața oamenilor și să-i distrez. Prima șansă mi s-a oferit când aveam abia șase ani, când am povestit câteva glume de-ale lui Otto[1]. Nu am uitat nici astăzi acea primă apariție publică.

În momentul când, aflat la fratele meu în cameră, am atins obiectele lui magice, în mine s-a petrecut o

[1] Otto Waalkes, actor și comediant german faimos în anii 1970–1980 (n. tr.).

transformare bruscă și m-am simțit invadat de un val de entuziasm. Cu ajutorul lor puteam pătrunde într-o lume în care practic nu mai existau limite. O lume de vis, a mea și numai a mea, pe care însă, dacă îmi doream, o puteam împărți și cu alții. În foarte scurt timp, pasiunea pentru magie a pus cu totul stăpânire pe mine. Eram copleșit de posibilitățile infinite care simțeam că mi se deschid și îmi cheltuiam toți banii de buzunar pe tot felul de instrumente. Uneori așteptam săptămâni la rând livrarea unor pachete de la München ori Hamburg, de unde mi le comandam. Iar când în sfârșit intram în posesia lor, mă încuiam în cameră și exersam. Întâmplarea face că multe dintre pachetele de la München erau duse la poștă chiar de soția mea actuală, care pe atunci lucra la o firmă pe care o preferam. Am făcut cunoștință cu ea mai târziu, la un congres al prestidigitatorilor, iar de atunci suntem împreună.

Anul 1986 avea să devină unul dintre cei mai importanți pentru mine, pentru că atunci am dobândit cunoștințe determinante și am avut întâlniri esențiale. În acea vară am călătorit în Franța împreună cu un grup de tineri. Iar însoțitorul nostru era nimeni altul decât magicianul amator Jörg Roth. Ne-am împrietenit imediat și am intrat într-un schimb intens de cunoștințe despre magie. Am învățat foarte multe de la el, iar în decembrie același an am dat prima mea reprezentație, alături de el, cu prilejul Crăciunului sărbătorit de credincioșii unei parohii. Totul a mers neașteptat de bine și din acea clipă am știut sigur: acesta era drumul pe care aveam să îl urmez.

Începând de atunci, toate călătoriile mele au urmărit un singur scop: să îmi lărgesc cât mai mult cunoștințele legate de „arta magiei". La New York, spre exemplu, mi-am cheltuit toate economiile pe accesorii specifice, pe care apoi am reușit să le aduc în Germania cu ajutorul tatălui meu. Prima mea călătorie la Viena a fost dedicată în întregime magazinului „Viennamagic“. Dar încă nu reușisem să-mi dezvolt simțul alegerii corecte a numerelor. Pur și simplu cumpăram fără discernământ tot ce-mi ieșea în cale, atât cât îmi permiteam. Printre altele, o pungă de bani care scuipa flăcări, când o deschideai. Acest număr nu l-am prezentat niciodată public, în schimb l-am încercat într-o cameră de hotel și am declanșat astfel alarma de incendiu, ceea ce i-a obligat pe toți oaspeții să-și părăsească în grabă camerele – doar pentru că mie îmi venise ideea să văd cum funcționează trucul chiar acolo.

Între timp, dădeam reprezentații oriunde aveam prilejul: în savana africană sau pe insule minuscule din arhipelagul Seychelles. Nimic nu mi se părea mai important. În sfârșit dispuneam de un mijloc de a-i impresiona pe cei din jur. Iar pentru pasiunea mea eram dispus la orice efort. În 1987, când mama m-a invitat într-o călătorie în California, nu m-a atras decât popasul promis la Las Vegas, unde doream cu ardoare să văd show-ul lui Siegfried și Roy. Ceea ce nu știam eu era că, pe atunci, în Statele Unite nu puteai nici măcar să-ți comanzi un suc de portocale dacă aveai sub douăzeci și unu de ani și nu erai însoțit de un adult.

Prin urmare, ghidul grupului nici nu concepea să meargă împreună cu mine la un spectacol de seară, după cum a trebuit să constat, spre marele meu regret. Dar evenimentele aveau să ia o cu totul altă turnură și mă pregătesc să vă povestesc. Abia la San Francisco, în cea de-a doua zi a circuitului, am aflat că nu voi avea parte de ceea ce îmi doream atât de mult. M-am simțit atât de frustrat, încât mi-am cheltuit toți banii într-un magazin de specialitate din Fisherman's Wharf, de unde mi-am cumpărat cele mai importante accesorii pe care le-am folosit în reprezentațiile din timpul școlii și chiar și de la începutul studiilor universitare. În cele din urmă, mamei mele i-a venit ideea genială și salvatoare ca să pot totuși intra la show: „Dacă te fardăm, vei părea mai matur". Zis și făcut. Iar cheia planului său, ca efectul să fie și mai convingător, a adăugat ea, era să mă deghizez în femeie. Imediat mi-am dat seama că nu va fi deloc complicat. Aveam plete până la umeri, barba nu-mi crescuse și oricum trei sferturi din grupul de turiști nu erau foarte lămuriți dacă sunt băiat sau fată. Vă dați seama ce dimensiuni căpătase obsesia mea: am acceptat planul fără murmur. „Da, chiar așa vom face." Și am intrat la spectacol bine vopsit, pe tocuri înalte, cu rochie de seară și poșetă, iar planul a funcționat de minune: am asistat la show! Un spectacol fantastic. Meritase efortul.

După mai mulți ani, când i-am povestit lui Siegfried, a rămas uluit și m-a invitat imediat să fumăm câte o țigară de foi – ca doi vechi prieteni. Din fericire, nu am mai fost nevoit să recurg la asemenea trucuri și nici nu am avut de suferit vreo consecință. După patru ani am mers din nou la Las Vegas, ca Thorsten Havener, ca să văd show-ul idolului copilăriei mele, David Copperfield. Și a fost un moment definitoriu, deoarece el reprezenta pentru mine un mare model, iar măiestria lui m-a influențat în mod decisiv.

Încă din vremea școlii am făcut să plutească sticle de șampanie sau mese, cu prilejul a nenumărate zile de naștere, nunți, petreceri ale unor cluburi sau firme, evenimente estivale, municipale sau școlare. Repertoriul meu cuprindea toate numerele clasice ale artei magice:

înlănțuirea și desfacerea lanțului de inele, apariția și dispariția unor mingi dintre degete etc. Programul complet. Și totul pe fondul muzicii lui Pink Floyd, Steve Miller, Sting și Madonna. În anii nouăzeci am luat parte chiar și la concursuri de show-uri și am obținut titlul de campion al Franței la categoria „Magie Générale". Mi-aduc aminte foarte bine cum am călătorit cu soția mea la Tours și am locuit împreună într-un hotel modernist, din plastic, ca să pot lua parte la competiție.

După cum se vede, încă din școală știam bine ce îmi doream să fac în viață: să fiu artist magician. Dar mi-ar fi plăcut să devin și muzician. Însă concertele formației noastre școlare, Reinhard and the Nobbers of Incompetention, nu aveau nici pe departe succesul aparițiilor mele în rol de prestidigitator. Dacă de vină a fost numele bandului sau talentul nostru muzical ar fi greu de stabilit astăzi.

Hotărârea definitivă asupra carierei mele am luat-o în timpul studiilor universitare de „lingvistică aplicată, traducere și interpretare". Încă din școală, ca magician serios ce mă consideram, am fost preocupat și de domeniile conexe: hipnoză, limbaj corporal, tehnici de dirijare a atenției și ocultism. Toate aceste teme mă interesau cu adevărat. Însă în timpul studiilor mele în străinătate de la Monterey, în California, într-una din zile – mai exact în timpul unui exercițiu de traducere simultană – am trăit în sfârșit acea clipă esențială de salt. De la un moment dat am avut sentimentul că știu dinainte ce urma să spună vorbitorul al cărui discurs îl traduceam. Pe neașteptate, am început să intuiesc direcția pe care avea să o dea discursului său, iar de atunci am avut mereu sentimentul că sunt foarte aproape de evenimente, dacă nu chiar în centrul lor – cu mult mai mult decât până atunci. Puteam să mă las în voia propriei empatii! Acest al doilea punct de cotitură din viața mea s-a petrecut în primăvara lui 1998.

De atunci am dorit să arăt și publicului această înzestrare a mea și mi-am pus imediat planul în aplicare: la următorul meu spectacol l-am rugat pe un spectator să se gândească la o persoană anume, la oricine vrea el. Apoi i-am spus că se gândește la fiica lui, pe care o cheamă Sabine. Bărbatul a început să tremure și fruntea i s-a umezit de transpirație. O asemenea reacție nu mai stârnisem niciodată până atunci, printr-un truc clasic. Acest moment m-a întărit în intenția mea de a renunța la magie în sensul clasic, pentru a mă dedica total citirii gândurilor.

Mi se pune mereu această întrebare: „De fapt, cum faceți, Herr Havener?" O curiozitate îndreptățită, dar pe de altă parte răspunsul cuprinde întregul meu capital comercial. Absolut justificat. Oricum, întrebarea mi-a fost adresată de atâtea ori, încât după o vreme am început să mă gândesc dacă nu ar fi bine să pun la dispoziția publicului câteva tehnici importante. Așa a apărut ideea acestei cărți: voi îngădui cititorilor să arunce o privire în trusa mea de instrumente mintale. Aș putea prezenta metode care pot fi folosite și în viața de zi cu zi – și nu doar pe scenă. Apoi aș putea să relatez cum m-am folosit până astăzi de aceste metode și rezultatele obținute. Este exact ceea ce veți descoperi în volumul de față. Iar după ce veți fi reușit să vă însușiți bazele observației, gândirii și estimării eficiente, este de presupus că veți reuși și să obțineți aceleași rezultate, adică să citiți gândurile altor oameni. Încetul cu încetul.

*

Ce doream să spun este că, de fapt, soarta mea a fost pecetluită încă de la 12 aprilie 1986. Viața mea ar fi luat desigur cu totul altă turnură dacă fratele meu nu ar fi avut fantezia să-și cumpere câteva ustensile pentru prestidigitație. De aceea îi dedic acest volum fratelui meu, Christian. Îmi lipsești extrem de mult.

München, noiembrie 2008

THORSTEN HAVENER

1

LUMEA ESTE EXACT CEEA CE NE AȘTEPTĂM SĂ FIE

Studiile mele în domeniul „traducerii și interpretării" au fost cât se poate de interesante și mi-au oferit mari satisfacții. Am avut prilejul să observ cu deosebită atenție, zilnic, aceleași persoane care își susțineau discursurile. A fost extrem de semnificativ pentru mine, pentru că îndatorirea mea, ca viitor interpret, era să traduc acele discursuri în alte limbi: în engleză, franceză sau germană. O muncă ce presupune un grad înalt de concentrare și capacitatea de percepție rapidă. După câteva semestre, cunoșteam instinctiv maniile fiecărui vorbitor și știam cu precizie cum se prezintă: dacă obișnuiește să bâțâie din picioare, să-și treacă degetele prin păr în timpul vorbirii sau să se uite neliniștit și nervos, încolo și încoace. Și multe altele.

Într-una din zile mi-am propus, cu bună știință, să fiu mai puțin atent la ceea ce afirmau ei și să-mi concentrez atenția asupra felului cum afirmau. Grație magiei, devenisem un foarte bun observator. Îmi aduc perfect aminte cum, odată, stăteam în cabina mea de interpret și, prin simpla contemplare, mi-am dat seama pentru prima oară de momentul în care vorbitorul avea să-și schimbe tematica discursului. Numai după ce am detectat corect acele semnale am fost capabil să simt și momentul! Așa cum spuneam, am devenit conștient de acest fenomen în 1998, pe când mă aflam în California. Și ce impact a avut asupra mea și asupra muncii mele? Și, mai departe, ce trebuia să înțeleg de aici? Acestea erau problemele care mă preocupau atunci.

Am început să citesc pe larg despre raporturile dintre psihologie și cercetările asupra creierului. Și am înțeles curând că percepusem și mai înainte acele semnale. Însă le trecusem cu vederea. Fiecare om dispune de particularități care dezvăluie o mulțime de aspecte despre personalitatea și modul lui de gândire. Și niciodată până atunci nu percepusem conștient asemenea detalii, de parcă nu ar fi existat. Ceea ce nu înseamnă că acele mesaje nu erau emise clipă de clipă!

Concluzia mea personală: de la un moment dat, m-am concentrat mai intens asupra unui domeniu care până atunci îmi fusese inaccesibil, din cauza perspectivei proprii pe care numai eu o alesesem. Odată cu schimbarea acelei perspectivei asupra realității, am reușit să disting fațete pe care în mod normal cei mai mulți nici nu le iau în seamă, nici nu le prețuiesc. Un proverb spune: „Banii zac pe stradă, nu trebuie decât să te apleci și să-i iei." Cu văzutul și înțelesul se întâmplă la fel: nu trebuie decât să ne concentrăm asupra țintelor cuvenite.

EXPERIMENTUL DE PERCEPȚIE

Vă rog să vă uitați în jur, în spațiul unde vă găsiți, 30 de secunde. Vă rog să detectați și să rețineți, în aceste 30 de secunde, toate obiectele de culoare albastră. Abia după aceea continuați lectura.

Ați văzut multe obiecte albastre? Foarte bine, atunci vă rog să îmi numiți, fără a privi din nou, trei obiecte verzi din același spațiu.

Iată ce constatăm: v-ați concentrat atât de mult asupra unui aspect, încât restul, deși există, v-a rămas ascuns! E foarte simplu. În virtutea acestui mecanism, nu ne dăm seama de foarte multe lucruri, din cauză că uităm pe loc ceea ce am văzut, dar nu am conștientizat. Acum, vă rog să citiți fraza următoare:

„75,2% dintre participanții chestionați au avut dificultăți să-și amintească – fără să verifice din nou – procentajul exact menționat la începutul acestei fraze, când au ajuns la finalul ei." Dumneavoastră cum vi s-a întâmplat?

Părerea mea: cu cât înaintăm în vârstă, cu atât observăm cu acuratețe mai scăzută. Copiii mei, în schimb, remarcă cele mai neobișnuite lucruri din jurul lor și experimentează neîncetat moduri de întrebuințare greșită a obiectelor din jur. Noi, adulții, nu mai procedăm așa. Recunoaștem un obiect și îl încadrăm de îndată într-o categorie, potrivit experienței noastre. În consecință, de multe ori nu mai recunoaștem obiectele drept ceea ce sunt ele cu adevărat, ci ne creăm propria noastră lume, prin filtrele noastre cu totul personale. Așa cum arată textul ce urmează:

„Cu siguarnță cunoșateți studiul care a ajusn la conlcuzia că succeisunea literelor nu mai przeintă impotranță, în ce ne privșete. Coercte trebuie să fie doar primele și ulitmele lietre. Am văzut acele cuivnte de atâtea ori, încât, grație experineței noastre, restbailim ordinea cuevnită și, în acest fel, în mintea nosatră apare autmoat sensul nomral al comunciării..."

Ce constatăm: experiența determină ceea ce vedem! Dincolo de faptul că, absolut inconștient, percepem cantități uriașe de informații, excludem multe alte detalii, prin filtrare, în încercarea noastră de a completa sau chiar de a desăvârși realitatea prin ceea ce știm (sau credem că știm, cel puțin). Totul trebuie să corespundă așteptărilor noastre. Această selecție este de altfel extrem de importantă, chiar dacă face o impresie negativă, deoarece, dacă nu s-ar întâmpla așa, am fi copleșiți de avalanșa de informații.

Iar simțurile noastre ne înșală mereu – și fără încetare. Deoarece, potrivit firii noastre, nu suntem capabili să percepem simultan toate aspectele a ceea ce vedem, pipăim, mirosim și gustăm. Ochii, spre exemplu, trebuie să plăsmuiască pe retină, iremediabil bidimensională, o lume tridimensională. Ceea ce este suficient ca să se piardă o mulțime de informații. Cu acest prilej, organele noastre vizuale sunt totuși capabile să preia circa un gigabyte de informații pe secundă. Adică extrem de mult. Corespunde, spre exemplu, unei cantități de date comparabile cu aproximativ 500 000 de pagini de carte. Ca să putem extrage din aceste informații ceea ce este important și esențial e nevoie, desigur, de o selecție, ceea ce se poate face într-o formă intenționată doar în extrem de mică măsură.

În cartea sa *The Magical Number Seven, Plus or Minus Two: Some Limits on Our Capacity for Processing Information*, George A. Miller a arătat că omul este capabil să perceapă simultan doar șapte – plus sau minus două – unități de informație. Odată depășită limita, observatorul este suprasolicitat și începe să recunoască eronat fenomenele și să le respingă automat, spre propria protecție, ca să spunem așa.

Un exemplu: numărul 1726404 ar putea fi memorat fără greșeală, dintr-o singură privire. În schimb 172640485, cu mult mai greu. Căci fiecare cifră adăugată reprezintă o nouă unitate de informație. Dar, dacă împărțiți cel de-al doilea număr în trei unități de informație de câte trei cifre, vă va veni mai ușor să-l memorați. Imediat veți ști: 172 640 485. Vedeți? Cunoașteți acel sentiment, când cineva vă dictează un număr de telefon pe care îl știți bine, dar grupează cifrele în alt mod decât dumneavoastră și astfel nu îl mai recunoașteți imediat? O explicație ar fi că sunteți obișnuit să dictați numărul de telefon în următoarele pachete: „7 444 27 66." Iar altcineva spune: „Aha, am înțeles: 744 42 76 6." Atunci, trebuie să transpuneți numărul în sine cunoscut dumneavoastră în propriul sistem și să-i verificați din nou corectitudinea, deoarece v-a fost prezentat într-o manieră cu care nu sunteți obișnuit. Cu asemenea reacții puteți să le faceți viața grea apropiaților. Mai mult: nu mai sunteți în măsură să prelucrați corect nimic din ceea ce depășește șapte – plus sau minus două unități de informație. Efectul unei suprasarcini de informație funcționează în cazul nostru atât de solid, încât această tehnică poate fi utilizată chiar și ca preludiu al hipnozei!

Pentru a supraviețui, în concluzie, trebuie să obținem neîncetat, prin filtrare, informațiile relevante. Desigur, asemenea filtre pot fi schimbate. Uneori, se întâmplă de la sine: spre exemplu, doriți să vă cumpărați o mașină nouă. De îndată ce v-ați hotărât pentru un model anume, îl veți vedea peste tot. Nu din cauză că ar apărea mai des decât înainte, ci pur și simplu v-ați schimbat filtrul, pentru că acea mașină vă interesează deodată mai mult. Cât de sigur funcționează selecția constatăm și când ne aflăm într-un oraș străin: din mii de plăci de înmatriculare, le remarcăm mereu pe cele din orașul nostru.

Același fenomen îl întâlnim și în comunicarea cu cei din jur: să presupunem că participați la un party și ați rămas o clipă singur. Auziți murmurul conversațiilor din jur, dar nu ascultați în mod special pe cineva anume. Deodată, undeva, în încăpere, este rostit numele dumneavoastră. Cu siguranță, din marea de vorbe care vă înconjoară veți auzi imediat exact acel cuvânt. Sunteți pur și simplu programat să reacționați la propriul nume. Și acum explicația este că dintre toate informațiile cu care venim în contact nu vrem și nu putem să le receptăm decât pe unele, fiind prin urmare condiționați să facem o anumită selecție.

Tocmai în acest context am trecut printr-un moment foarte plăcut, acum câțiva ani: am plecat împreună cu soția într-o călătorie de afaceri, iar într-o seară ne aflam la o masă, împreună cu douăsprezece alte persoane. În sală erau mai multe sute de oameni, într-un vacarm total. Din cauza asta practic nu te puteai înțelege decât cu vecinul. Fulgerător, peste masa noastră s-a lăsat liniștea. Întreruperea conversațiilor fusese provocată de cel de lângă mine, care m-a rugat: „Aș putea să vă adresez o întrebare foarte personală?" Involuntar, recursese la una dintre cele mai bune tehnici de captare instantanee a atenției tuturor celor prezenți. Am să mă întorc la acest subiect în capitolul al treilea! Căci, grație experienței, știm că după o asemenea introducere pot să urmeze informații cât se poate de interesante. De aceea și așteptările noastre sunt pe măsură. Altfel, vecinul meu nu a mai apucat să pună întrebarea propriu-zisă.

Așadar, prin intermediul experienței noastre creăm așteptări și contăm ca ele să se realizeze așa cum suntem obișnuiți, în virtutea acestei experiențe: „Lumea este exact ceea ce ne așteptăm să fie." Aceasta este o noțiune fundamentală. Un studiu a demonstrat că fenomenul poate să aibă efecte și asupra corpului uman.

În acest studiu, cameriste supraponderale dintr-un hotel au fost împărțite în două grupuri. Celor dintr-un grup li s-a vorbit despre un experiment științific, potrivit căruia activitățile depuse într-o cameră de hotel ar solicita corpul la fel de mult ca sportul, contribuind la scăderea greutății. Celuilalt grup nu i s-a spus acest lucru. Rezultatul: aproape toate persoanele supuse experimentului din categoria „sport" au pierdut în greutate în trei săptămâni, fără să-și fi schimbat în vreun fel regimul de viață! Celelalte nu au reușit să slăbească. Aceste rezultate justifică afirmația omului de știință: „Cameristele s-au așteptat să slăbească și, astfel, efectul a și apărut."

În afară de asta, așteptările personale pe care le avem influențează masiv modul în care îi percepem pe ceilalți. Dacă cineva ne este prezentat drept o foarte importantă persoană de succes, are un altfel de efect asupra noastră și provoacă altfel de reacții decât atunci când am face cunoștință în lipsa unor explicații referitoare la statutul său. Inconștient și instantaneu, vom face totul ca imaginea acelei persoane să corespundă schemei noastre de așteptări. Și acest fenomen a putut să fie demonstrat prin experimente, căci pentru a adopta un asemenea comportament sunt suficiente chiar și cele mai mărunte semnale din gestica sau mimica interlocutorului.

Un mic exemplu: unor profesori li s-a comunicat că un grup de elevi aleși la întâmplare ar avea o inteligență peste medie, spre deosebire de restul colegilor lor. Rezultatul: la sfârșitul anului școlar, elevii distinși fără o justificare reală au înregistrat note mult mai bune decât restul clasei! Grupul din partea căruia existau așteptări mari a și fost tratat cu mai multă bunăvoință! Este posibil ca profesorii să se fi arătat mai indulgenți și probabil că au adoptat de fiecare dată un ton deosebit când vorbeau cu ei. Fapt este că acel grup s-a schimbat pur și simplu grație așteptării profesorilor! Adică: indiferent ce am presupune, vom găsi întotdeauna dovezi care să ne susțină părerea! Voi discuta mai pe larg acest aspect în capitolul consacrat sugestiei.

Cultura, experiențele, simțurile și așteptările pe care le avem transformă lumea în ceva numai al nostru. De aceea lumea nici nu este una și aceeași pentru persoane diferite. Este ceea ce ne așteptăm noi să fie, după cum spuneam. Dar așteptările ne pot juca o festă, și anume când ambianța s-a schimbat, depășind granițele experienței noastre, ori când așteptările sunt pur și simplu greșite!

AȘTEPTAREA FAȚĂ CU REALITATEA

Vă rog să citiți următoarele propoziții:

Aceasta
este o
o carte interesantă.

Asta
este o picătură de apă pe
pe o piatră fierbinte.

Thorsten
Havener este capabil să
să citească gânduri.

Ei bine, ați văzut de la bun început cuvintele dublate? Probabil că nu, majoritatea. Absolut normal, căci pe baza cunoașterii și a experienței, am bănuit cum se termină propoziția și de aceea nu am mai urmărit cu toată atenția ce scrie pe hârtie. Pur și simplu urmăm modelele pe care ni le-am însușit de-a lungul anilor și ne vine foarte greu să ne distanțăm de ele.

Vă rog să priviți cuvântul următor, încercând să nu îl citiți:

- concept

Vă va fi aproape cu siguranță imposibil. Capacitatea de a percepe litere într-o succesiune coerentă este încă și mai pronunțată decât simțul pentru culori.

Vă rog să colorați literele de mai jos în culorile respective, iar pe urmă citiți nu cuvintele în sine, ci culorile în care sunt colorate cuvintele. Vă rog să vă îngăduiți plăcerea de a pronunța culorile tare și cât mai repede cu putință.

VERDE	ROȘU	GALBEN
ROȘU	GALBEN	ROȘU

Iar acum am să vă rog să repetați. Colorați cuvintele în această ordine, de la stânga la dreapta: roșu, galben, roșu, negru, galben, negru. Apoi numiți din nou cu voce tare culoarea, nu cuvântul în sine:

ALBASTRU	ROŞU	VERDE
ROŞU	VERDE	GALBEN

Concluzie: în virtutea obișnuințelor și a experienței, suntem în asemenea măsură prizonierii vechilor noastre modele de gândire, încât ne vine foarte greu să renunțăm la ele. Este posibil, dar nu simplu, să vedem lucrurile așa cum se prezintă ele în realitate, și nu drept ceea ce vrem noi să le considerăm.

PRIMA IMPRESIE

Fără discuție, așteptările ne fac să urmăm în felul în care gândim anumite căi bine știute. Așa cum am văzut, ne vine foarte greu să ieșim din aceste deprinderi. Tocmai de aceea prima impresie lăsată de cineva ne marchează profund și renunțăm doar cu extremă greutate la o părere formată.

Vă rog să vă imaginați un om care câștigă bine. Cu siguranță că nu vă apare în minte un domn vârstnic, corpolent. Ci mai degrabă un manager bine pregătit fizic și îngrijit, în vârstă de treizeci și cinci-patruzeci de ani, în costum perfect croit. Oare de ce atât de puțini dintre noi se gândesc în acest caz la o tânără energică, în ținută business? Și asta ține tot de experiența și de așteptările noastre. Potrivit cercetărilor, legăm anumite trăsături caracteristice de anumite fenotipuri. Spre exemplu, persoanelor corpolente le atribuim aspecte cum sunt cordialitatea, simpatia și tihna. Cele musculoase ni se par mai aventuroase, mai hotărâte și mai disciplinate decât cele extrem de firave.

Aspectul exterior al unei persoane determină astfel inevitabil prima impresie pe care o face asupra noastră. Abia după ce ne-am făcut o imagine generală asupra exteriorului începem să luăm în considerare alte trăsături, cum ar fi mimica și gestica sau atitudinea. Uneori, asta are darul să ne schimbe părerea despre acea persoană, dar prima impresie este greu de schimbat! Cu toții urmărim o anumită intenție prin felul în care ne îmbrăcăm și ne împodobim – chiar și când nu ne pasă și combinăm un blazer cafeniu cu pantaloni bleumarin și cu o cămașă cu dungi somon, pentru că și asta dezvăluie ceva despre personalitate. Vă veți întreba, poate, dacă lucrurile stau așa, cum să mă îmbrac ca să fac impresia potrivită?

Ei bine, asta depinde în totalitate de efectul pe care urmăriți să-l obțineți. Spre exemplu, dacă urmăriți să vi se atribuie un statut înalt, îmbrăcați-vă mai bine decât toți ceilalți. Dar și așa trebuie să variați, adaptându-vă situației concrete: când participați la un party, cu siguranță nu veți vrea să fiți singurul îmbrăcat în costum sau singura în ținută de business și nici să fiți singurul în jeanși, pentru activitățile profesionale, în vreme ce toți ceilalți arborează cravată ori stofe fine. În cazul unui party, asta ar putea să însemne să alegeți îmbrăcăminte lejeră de cea mai bună calitate, dacă vreți să vă faceți remarcat! În viața profesională, dacă urmăriți să vă evidențiați, trebuie să fiți mereu cel mai bine îmbrăcat. Atenție, însă: vorbim aici doar despre aspecte exterioare; dar ele au fără îndoială efect. Dacă vă îmbrăcați ceva mai bine decât șeful dumneavoastră, probabil că el va băga de seamă și vă va percepe drept adversar potențial. Dacă vreți să evitați asta, este preferabil să nu purtați haine de calitate superioară celor ale șefului.

Prin urmare, există toate premisele de a deduce câte ceva despre persoana întâlnită din modul cum se prezintă. În aceeași manieră, poate fi influențată și propria imagine. În acest sens, trebuie acordată în primul rând o mare importanță detaliilor. Din ce materiale sunt hainele: uzate sau încă prezentabile? Bijuterii – și, dacă da, câte? Verighetă? Pantofi moderni sau vechi și prăfuiți? Oricum, trebuie să vă studiați interlocutorul cu discreție. Nimeni nu se simte bine când este studiat insistent.

Când pe scenă urcă o altă persoană, alături de mine, sunt atent în primul rând tocmai la asemenea aspecte și încerc să-mi formez o imagine despre interlocutorul meu. Venit la teatru, poartă costum ori jeanși și pantofi de sport? Apoi, la întâmpinare, sunt foarte atent la mâini. Piele catifelată sau aspră? Mâinile îngrijite pot să însemne o slujbă de birou, într-o agenție sau cancelarie. Persoana respectivă poate fi medic, avocat sau bancher. Și, în orice caz, o manichiură îngrijită nu poate fi pentru un instalator. Cu toate astea, nu-i exclus ca un funcționar să aibă mâinile aspre sau crăpate. Atunci puteți trage concluzia că are un hobby și își folosește mâinile ca meșteșugar. Sau că face sport: poate fi halterofil, cățărător, jucător de golf sau pescar. Asta puteți deduce și din statura persoanei. Fără să fi scos vreun cuvânt, ați aflat deja câte ceva.

Diversele nuanțe ale pielii vă pot da în continuare indicii prețioase. Priviți falangele degetelor arătător și mijlociu: fumătorii înrăiți prezintă pete galbene. Mâinile galbene pot indica și suferințe hepatice sau biliare. În acest caz, persoana poate fi înclinată spre descurajare sau ușor iritabilă. Persoanele cu mâinile pământii suferă adesea de anemie, fiind de aceea obosite și indolente. La extrema opusă sunt cei cu mâini roșii, deseori năvalnici și energici. Atenție: mâinile pot fi roșii și dacă omul a venit din frig într-un spațiu încălzit. Petele roșii de pe podul palmei pot eventual indica un consum exagerat de alcool. Însă greșelile de interpretare pot apărea extrem de ușor. Prin urmare, luați în considerare fiecare indiciu cu precauție.

Foarte semnificative sunt accesoriile pe care le poartă o persoană: un pandantiv cu inițiale ori cu un nume? Verighetă? Poate un inel cu sigiliu pe care este incrustată prima literă a numelui? Și ceasul? Rolex? Ori Swatch? Este un Rolex original sau ceva ieftin, venit din Turcia? Asta devine tot mai dificil de stabilit, dar de cele mai multe ori se poate constata din restul vestimentației dacă omul cheltuiește mii de euro pentru un ceas sau dacă un asemenea obiect ar fi mai degrabă o inconsistență stilistică în ce-l privește. Sfatul meu: concentrați-vă asupra pantofilor. Sunt cumva prăfuiți sau dintr-o imitație ieftină de piele? Atunci nici ceasul nu este original.

De multe ori, brelocul trădează marca mașinii. Mulți angajați obișnuiesc să poarte numele firmei unde lucrează pe același gen de breloc sau, alteori, brelocul este o minge de golf, dacă au acest hobby. Poartă interlocutorul un costum nou sau o haină care a început să strălucească puțin la coate? Când o doamnă își deschide poșeta, ar fi bine dacă ați reuși să strecurați o privire discretă. Are un make-up scump? Sau o mică jucărie pentru copii ori o suzetă? Pe baza unor asemenea elemente puteți afla diverse despre o persoană, fără să fi schimbat măcar un cuvânt!

Nu demult, în cursul unei reprezentații, pe scenă a venit o doamnă cu o trăsătură frapantă: o zonă a pielii ei de pe gât era de culoare puțin mai închisă. Forma petei era ovală, întinzându-se de la mijlocul gâtului până spre stânga. După ce am făcut această observație, m-am uitat la mâna ei stângă. După cum mă așteptam, era foarte îngrijită, cu unghii tăiate scurt. Am făcut imediat combinația: doamna cântă la vioară. Dar nu am afirmat pe loc: „Sunteți violonistă." M-am hotărât să vând informația ceva mai spectaculos și i-am spus: „Sunteți o persoană care apreciază frumosul din viață. Sunteți interesată de cultură, de estetică." Nicio femeie cultivată nu ar respinge o asemenea afirmație! Apoi am continuat: „Iubiți armoniile." Muzica clasică este de cele mai multe ori armonică, în afară de asta nicio femeie nu ar clătina din cap nici la această afirmație. Apoi am continuat: „Dumneavoastră nu vă mulțumiți să consumați, ci vă place să interveniți personal, să creați artă activ. Dintre toate artele care există – literatură, pictură, teatru și toate celelalte –, v-ați ales muzica." Da, corect.

În acest punct, doamna ar fi putut să tăgăduiască, în definitiv nu eram absolut sigur că aveam dreptate. Dacă ar fi făcut-o, nu ar fi fost ceva rău. Puteam merge mai departe cu experimentul pe care mi-l propusesem. Așa însă, am continuat spunând că îmi vin în minte Mozart, Bach și Beethoven – toți trei au scris concerte pentru vioară – și că, după aprecierea mea, cântă la vioară. Toți au rămas consternați: știam un lucru pe care în mod normal nu aveam de unde să-l știu, dar cu toate astea aveam cunoștință de el, deoarece – cu îngăduința dumneavoastră – sunt un fin observator.

URMĂRIȚI DETALIILE CU ATENȚIE MAXIMĂ

Elementele de care trebuie mereu să țineți seama sunt:

Limbaj

Se exprimă ales sau extrem de colocvial? Are accent?

Gestică

Persoanele cu influență se mișcă de regulă mai maiestuos și mai lent decât oamenii cu putere mai mică.

Statură

Oamenii în formă și cu un corp bine antrenat sunt mereu în acțiune. Tot ce se poate ca seara să se preocupe de un hobby al lor, decât să stea în fața televizorului. De aceea nu cunosc toate serialele și spectacolele. Cum se prezintă musculatura persoanei? Să fie oare jucător de tenis sau dansator?

Accesorii

Poartă un semn creștin, spre exemplu o cruce, sau altceva care să indice apartenența la o religie? Ce dezvăluie piercingurile?

Concluzie: cum procedați dumneavoastră, treceți-vă în revistă maniera de comportament și întrebați-vă cum ați putea deveni mai sensibil la ambianță.

Acestea sunt doar câteva exemple relevante. Cu puțin antrenament, vă vor atrage atenția multe lucruri care trădează câte ceva despre interlocutor. Nu trebuie decât să vă perfecționați neîncetat capacitatea de percepție. Prin urmare, încredeți-vă în prima impresie, care este aproape întotdeauna corectă. Dar trebuie să țineți seama mereu că vorbim despre detalii, care au numai o relevanță limitată. Pe baza unor asemenea elemente exterioare nu se pot trage concluzii definitive legate de caracterul unui om. Deoarece și persoanele neconvenționale sau prost îmbrăcate pot să aibă un statut înalt, să se bucure de succes și să fie inteligente.

Însă ceea ce ține de exterior nu arată decât o fațetă a unei persoane, iar impresia pe care o lasă reprezintă o altă fațetă – vorbim acum despre celebra problemă a bunului-gust. Dacă omul este sau nu agreabil încă nu am stabilit. Iar în orice clipă trebuie să luați în calcul apariția unor contradicții. Exercițiul cere o doză de tact. Dar pentru a obține o primă impresie de calitate, acest gen de observații vă pot fi de mare folos. Chiar dacă se limitează la exterior și dacă apar mereu excepții de la regulă, de cele mai multe ori au darul să ne orienteze în direcția corectă. Atât timp cât dați fiecare verdict în mod rațional și empatic, veți reuși să vă ameliorați considerabil capacitatea de cunoaștere a oamenilor, prin observarea lor atentă.

ESTE CEEA CE PARE

V-am arătat cum să reușim, prin modul nostru de a gândi, să ne percepem deliberat ambianța – sau cum multe ne scapă printre degete. Lumea rămâne mereu cea pe care ne-o imaginăm. Dacă ne concentrăm doar asupra răului din jur, atunci vom resimți lumea drept sursă a răului; oamenii care reușesc să vadă partea frumoasă a lucrurilor sunt mult mai fericiți. Prin urmare, dacă lumea este exact așa cum ne așteptăm să fie, avem posibilitatea să hotărâm cum vrem să gândim despre lume. Multe nu le putem schimba, însă avem întotdeauna deschisă opțiunea de a reacționa pozitiv la un impuls. Spre exemplu:

- Mă enervez de fiecare dată pe șoferul din față sau rămân calm, indiferent ce se întâmplă? De acord, asta se adresează mai degrabă celor avansați.
- Când cineva mă ofensează, reacționez printr-un atac verbal distrugător sau rămân la obiect?
- Când simt că o persoană vrea să mă ducă cu vorba, mă înfurii nestăpânit sau mă folosesc de acel atac ca mic exercițiu al capacităților mele de a improviza și de a da o replică pe măsură?

Cu prilejul unei reprezentații, am rugat-o pe o doamnă din public ca, în pauză, să ascundă un obiect personal în sala de spectacol. Doar ea trebuia să știe despre ce obiect era vorba și unde avea să se afle, în sală. Mie îmi revenea ca, după pauză, să numesc obiectul și să-l găsesc. Între timp, spectatoarea trebuia să se gândească intens la calea pe care trebuia să o străbat ca să ajung la el. De altfel, cum funcționează experimentul veți învăța în capitolul următor.

În acea seară, aveam însă de-a face cu o persoană care se gândea dinadins la o altă direcție, ca să mă îndrepte pe o cale greșită. Înregistram semnale contradictorii, care – aveam impresia – pur și simplu nu corespundeau. Poate fi extrem de neplăcut să fii obligat să recunoști, de față cu câteva sute de spectatori plătitori, că nu știi unde se află obiectul ascuns, mai ales pentru cineva cu standarde înalte, așa ca mine. Aș fi vrut mai mult decât orice să-mi țin promisiunea și să duc până la capăt acel număr senzațional. Dar eram pus în fața unui fapt fără precedent. Prin urmare, într-un gest spontan, i-am zâmbit spectatoarei și i-am declarat deschis că acel număr nu poate funcționa în acele condiții. Apoi am felicitat-o, asigurând-o că reușise ceva ce mi se întâmplă foarte rar – și anume să mă scoată din sărite.

Reacția celorlalți spectatori a fost minunată – au simțit că se petrece un fapt ieșit din comun. În cele din urmă, am ales pe altcineva din public și am repetat cu succes întregul experiment. Dacă aș fi avut o reacție nepotrivită, seara ar fi fost ratată. Dacă situația mi-a scăpat de sub control, în schimb am reușit să-mi stăpânesc reacția. Cu toții vrem să îi vedem pe cei din jur reacționând calm în situații dificile. De aceea eroii, fie ei și de film, ajung întotdeauna în situații-limită, pentru că numai atunci ies la iveală calitățile lor glorioase.

Constatăm încă o dată: fiecare trăire este așa cum este. Abia gândirea noastră o transformă într-o experiență, fie ea bună sau proastă. Ploaia ne poate strica o excursie la iarbă verde, dar ne permite în schimb să descoperim un muzeu, în care altfel nu am fi intrat niciodată. Funcție de modul în care abordăm o întâmplare sau alta, o putem considera o problemă sau o provocare. De aceea trebuie să ne străduim neîncetat să adoptăm o atitudine deschisă – și eventual nouă – față de orice moment.

Mai mult decât atât, trebuie să acceptăm necondiționat orice întorsătură și, mai presus de orice, fără prejudecăți. Apoi avem ocazia să hotărâm în ce fel să gândim despre acea situație. De aceea încercați să nu aplicați imediat categoriile bun/rău – adică nu etichetați. Spuneți-vă: este așa cum este. Prin lipsa de rezerve aveți privilegiul de a vedea lucrurile în lumina lor reală – și nu așa cum ați vrea să fie sau să nu fie.

În acest fel vă asumați de fiecare dată răspunderea și nu o lăsați în seama circumstanțelor externe. Când căutați vina din care s-a întâmplat ceva anume chiar la propria persoană – și nu exclusiv la alții –, numai atunci puteți menține negreșit un control ferm asupra situației. Astfel, aveți posibilitatea de a reacționa de fiecare dată cu măsură și rațiune. Pentru că, așa cum vă spuneam, la o privire mai atentă, lucrurile pot să arate complet diferit.

Dacă urmați consecvent această strategie, veți trece prin viață cu mult calm. Ea acționează ca un avânt mental, care vă ajută să înaintați. Iar situațiile complicate se vor ivi din ce în ce mai rar. Prin urmare, modul în care gândiți despre propria persoană și despre lume vă influențează viața mai mult decât ați realizat până în momentul de față. Henry Ford spunea: „Indiferent dacă sunteți de părere că știți să faceți un lucru foarte bine sau deloc – aveți de fiecare dată dreptate." Ca urmare, gândiți-vă dacă modul dumneavoastră de abordare vă ajută sau nu să vă atingeți țelurile, deoarece influențează considerabil norocul în viață. Faptul a fost demonstrat și de Richard Wiseman, psiholog englez, într-un studiu de amploare. Wiseman și-a pus întrebarea dacă norocul și ghinionul sunt cu adevărat întâmplătoare în viața omului sau există o explicație psihologică a succesului mai mare al unor oameni față de ceilalți.

În acest scop, a căutat persoane care se considerau norocoase sau, dimpotrivă, ghinioniste. Apoi subiecților li s-a cerut să precizeze numărul de fotografii care apăreau pe o pagină de ziar. Dar lucrul cel mai important, pe care nu îl știau subiecții, era că în mijlocul paginii Wiseman „strecurase" un text care ocupa jumătate din pagină și suna astfel: „Câştigaţi 100 de lire dacă îi spuneţi conducătorului experimentului că aţi văzut acest anunţ."

Cei care se considerau ghinionişti au fost atât de preocupaţi cu număratul fotografiilor, încât nu au băgat de seamă textul. Norocoşii, în schimb, au abordat destinşi exerciţiul, au aruncat o privire generală asupra întregii pagini şi aproape toţi au câştigat banii promişi. Astfel, Wiseman a putut să demonstreze că erau în măsură să-şi cântărească mult mai bine şansele decât ceilalţi. Pentru că gândurile ne influenţează acţiunile şi atrag norocul ori ghinionul, ca prin minune! Wiseman afirmă: „Optimiştii erau pozitivi, energici şi deschişi faţă de noi prilejuri favorabile şi experienţe. Ghinioniştii, dimpotrivă, au reacţionat reţinut, neajutorat şi temător, nefiind pregătiţi să vadă şi să profite de şansa care li se oferea."

2

CORPUL NE TRĂDEAZĂ GÂNDURILE

„Când cineva gândește mult și cu înțelepciune, nu numai chipul său capătă o înfățișare înțeleaptă, ci și trupul." Acest citat din Friedrich Nietzsche aș vrea să-l folosesc drept motto. Intenția mea este să vă arăt cum puteți recunoaște asupra cărui fapt se concentrează interlocutorul dumneavoastră în acea clipă și în ce stare de spirit se află. Veți înțelege ce efecte au gândurile asupra limbajului corporal și cum pot fi ele recunoscute și descifrate.

Apoi am să vă arăt cum și atitudinea influențează, la rândul ei, și gândurile și emoțiile. În final, am să vă prezint câteva formule verbale legate de hipnoză, cu ajutorul cărora veți putea să le îndreptați atenția celor din jur exact asupra acelor domenii și teme care vă interesează. Pentru a vă demonstra în ce grad gândirea și convingerile personale pot influența mediul ambiant, vă propun următoarele autoexperimente:

EXPERIMENTUL CONSTRUCTIVIST

Ridicați un scaun, ținându-l de șezut și concentrându-vă asupra șezutului. Evaluați-i greutatea, pe cât posibil, și apoi lăsați-l din nou jos. Acum, concentrați-vă atenția asupra părții superioare a spătarului. După aceea ridicați din nou scaunul, ținându-l tot de șezut. Rezultatul: dacă v-ați concentrat suficient de intens și de îndelungat asupra spătarului, veți avea senzația că scaunul a fost mai ușor.

Indiferent cum ați vrea să vă explicați acest fenomen, efectul lui practic este că un obiect pe care urmează să-l ridicați pare mai ușor dacă vă concentrați asupra celui mai înalt punct sau dacă priviți chiar „în aer, deasupra lui (cu circa 30 de centimetri)".

Dacă gândurile adoptă o anumită direcție, corpul le urmează. Așa că puteți hotărî singur cum vă veți simți. Amintiți-vă, cât se poate de intens, de o întâmplare neplăcută. Străduiți-vă să ajungeți, pe cât posibil, până la detalii. Ce simțiți? Cum stați jos sau cum stați în picioare? Gândiți-vă acum la o întâmplare extrem de plăcută și retrăiți-o la fel de intens. Cum vă simțiți acum?

Firesc, sub influența amintirii neplăcute este foarte posibil să vă încerce un sentiment de tristețe. Amintindu-vă momente fericite, în schimb, în primul rând va dispărea încordarea și vă veți simți plin de avânt și energie. V-ați dat seama cât de repede vi se pot schimba sentimentele? Este suficient să vă îndreptați atenția într-o nouă direcție. Am învățat astfel o nouă metodă de a ne menține sub control sentimentele, chiar și în situații dificile. Hotărâți singur de ce amintiri este preferabil să vă preocupați.

EXPERIMENTUL CU LĂMÂI

Imaginați-vă că țineți o lămâie în mâna stângă. Întindeți brațul înainte și strângeți degetele în jurul fructului imaginar. Simțiți atingerea rece și proaspătă a cojii de lămâie. Vedeți în fața ochilor galbenul proaspăt și intens al fructului. Inspirați parfumul proaspăt și agreabil al lămâii. Acum duceți mâna stângă la gură și imaginați-vă că mușcați din lămâie. Simțiți cum dinții străpung coaja și cum gustul acru se răspândește pe limbă? Acum mestecați puțin – simțiți gustul proaspăt și acid. Nu-i așa?

Ei bine, ați băgat de seamă cum, în timp ce citeați aceste rânduri, în gură vi se aduna tot mai multă salivă? Gândul a fost suficient să vă stârnească glandele salivare. Când vă îndreptați atenția asupra unui eveniment oarecare – mușcătura din lămâie, acum –, tot organismul urmează acea imaginație. Cum gândurile noastre au efect asupra corpului, nu este oare valabilă și reciproca, și anume să tragem concluzii asupra gândurilor interlocutorului nostru pe baza efectelor lor asupra corpului său?

Fără îndoială, nu sunt eu singurul și în niciun caz primul preocupat de această temă. Înaintea mea au existat câteva personalități interesante care au studiat aceste lucruri și au intenționat să le aplice. Spre exemplu, americanul J. Randall Brown, născut în 1851 la St. Louis, care a descoperit, încă din școală, că poate găsi obiecte ascunse în clasă de colegii săi. Trebuia numai să-l atingă pe frunte pe colegul care ascunsese obiectul, care în același timp trebuia să se gândească intens la ascunzișul folosit. Din acea atingere, Randall Brown simțea direcția aleasă de colegul lui. Așadar reușea să perceapă efectele fizice ale gândurilor acelui elev!

Brown a continuat și după terminarea școlii acest experiment, repetându-l din când în când în cercuri restrânse. Odată, a fost prezentă și presa locală, care a publicat apoi un articol entuziast despre arta lui. Avea să fie începutul unei mari cariere. Brown era atât de căutat, încât a străbătut întreaga Americă în turneele sale de succes. Numele lui era pe buzele tuturor, iar presa îi adresa elogii, oriunde apărea.

O altă persoană care a desfășurat în public asemenea experimente a fost Washington Irving Bishop, care a preluat de la Brown metoda de a găsi obiecte ascunse folosind concentrarea intensă a unei alte persoane. Însă mizanscenele lui Bishop au fost mult mai spectaculoase decât cele ale lui Brown. El punea ca un obiect cunoscut să fie ascuns nu într-un spațiu închis, ci într-un oraș mare. Apoi se lega la ochi și gonea, fără să poată vedea, într-o trăsură trasă de cal, până în cartierul respectiv, pentru ca apoi să detecteze ascunzătoarea. Bishop a fost una dintre primele persoane capabile să conducă orbește un vehicul. Oricum, criticii lui îl acuzau că performanța se datora mai degrabă calului, iar pentru ca miracolul să fie autentic, calul ar fi fost cel care să meargă legat la ochi. Dar asemenea comentarii răuvoitoare nu au avut darul să tulbure fascinația exercitată de reprezentațiile puse la cale de Bishop. El și-a prezentat experimentul nu numai în Statele Unite, ci și în Europa. Oricum, suferea de epilepsie, iar după unele reprezentații mai epuizante se întâmpla să intre în criză și rămânea inert, ca și cum ar fi murit. De aceea purta mereu la el o scrisoare în care scria că, înainte de autopsie sau de a fi îngropat, să fie atent consultat, pentru a i se stabili cu certitudine decesul.

După unul dintre spectacole, Bishop a suferit o nouă criză și, neținându-se seama de indicația lui expresă, a fost supus imediat autopsiei. Mama sa a afirmat mai târziu că în acel moment cu siguranță mai era în viață, iar moartea lui, la doar treizeci și trei de ani, se petrecuse doar din cauza acelei proceduri. Dar arta lui Bishop nu a dispărut odată cu el.

Experimentele lui au fost continuate în cele din urmă și în Germania, printre alții și de Hermann Steinschneider, care se folosea de pseudonimul Erik Jan Hanussen. Ca atâția alți reprezentanți ai artei de a citi gânduri, și Hanussen era un personaj cât se poate de dubios, care a ajuns să se bucure de o glorie îndoielnică: s-a născut în 1889, lângă Viena, într-o familie de evrei, iar în tinerețe a făcut bani pe seama unor afaceri în parte murdare. Printre altele, a lucrat la ziarul *Blitz*, care potrivit zvonurilor i-ar fi șantajat pe diverși oameni amenințându-i cu scoaterea la lumină a unor întâmplări neplăcute din viața lor. Se pare că Hanussen se ocupa de identificarea celor mai potrivite ținte.

În afara acestor activități, s-a preocupat intens și de previziune, hipnoză și telepatie, iar după Primul Război Mondial a devenit unul dintre cei mai bogați și mai influenți artiști din spațiul de limbă germană. Era renumit pentru viteza incredibilă cu care desfășura experimente de telepatie.

Adolf Hitler a fost și el fascinat de arta și charisma lui Hanussen și – în ciuda originii evreiești – l-a ajutat să dea lovitura. Printre altele, cu sprijinul naziștilor, Hanussen a întemeiat la Berlin Palast des Okkultismus. Aici organiza pentru un public format din marii conducători naziști și din înalta societate a vremii ședințe de spiritism și întâlniri oculte. Însă în 1933, după ce Hanussen prezisese public incendierea Reichstagului, puternicii zilei l-au considerat mult prea periculos. Așa se face că, după una dintre reprezentațiile lui din martie 1933, a fost împușcat de național-socialiști într-o pădure de lângă Berlin. Trupul său a fost descoperit la mai multe zile după crimă. Chiar dacă Hanussen a fost categoric îndoielnic din punct de vedere moral, ca artist a fost mai mult decât convingător. Avea o aură specială, neobișnuit de puternică. Istoria vieții lui pare să-l fi inspirat pe Lion Feuchtwanger pentru romanul său, *Frații Lautensack*, iar Klaus Maria Brandauer l-a interpretat pe telepat în filmul *Hanussen*, care zugrăvește limpede marele mister din jurul lui.

De ce sunt acești oameni deosebiți? Ce pot ei să facă, iar alții, nu? Pe ce capacități se întemeiază ascensiunea lor ca de comete, fascinantă, la rangul de cititori de gânduri? Sunt întrebări care nu-mi dau pace.

Secretul meu – și în curând și al dumneavoastră – constă în aceea că putem simți direcția de gândire a unei persoane. Când atenția se concentrează asupra unui lucru, atunci și energia urmează această atenție. Cu mult antrenament, încredere în sine și intuiție, oricine poate învăța să simtă această forță, această forță unică, radiată de o altă persoană. Termenul de specialitate al acestui gen de forță este „mișcare ideomotorie", adică o mișcare petrecută fără intervenția voinței, inconștientă, declanșată exclusiv de imaginație. Sunt reacții involuntare, aproape insesizabile. Ele au fost definite prima oară, încă din 1833, de chimistul francez Michel Eugène Chevreul. Descoperitorul propriu-zis al mișcărilor ideomotorii este considerat însă englezul William B. Carpenter, care nu a impus însă o nouă denumire descoperirii sale. El a reușit să arate că este suficient să gândim o mișcare pentru ca gândurile noastre să ne determine să executăm acea mișcare, la nivel minimal. Adică, dacă spre exemplu vă gândiți intens la peretele din dreapta dumneavoastră, vă veți mișca involuntar corpul în acea direcție. Acum, arta constă din sesizarea fiecărei asemenea mișcări imperceptibile și anticiparea următorului pas pe care îl va face rapid persoana cu care discutați. Până astăzi, nu putem decât să descriem fenomenul. Știm de existența lui, dar nu avem o explicație autentică pentru el.

Și eu am inclus acest domeniu în programele mele și am reușit să obțin efecte nemaipomenite. Am detectat piese defecte din mașini, am descoperit ce plantă își căutase un spectator la grădina botanică din München și am reușit chiar să găsesc obiecte ascunse undeva în zona întinsă din Innere Stadt, la Viena. Nu aș vrea să vă ascund cea mai frumoasă amintire a mea în această privință: în Neue Stadt, la Viena, există un teatru municipal foarte frumos, unde am avut o apariție în timpul primului meu turneu. Când a sosit momentul, l-am invitat pe scenă pe un domn simpatic și i-am spus: „Vă rog să fiți amabil și să priviți sala de aici, de la înălțime, și să alegeți o persoană, fără să-mi spuneți care.“ Apoi urma să descrie persoana aleasă în câteva cuvinte pe un bilet, pe care apoi să-l pună într-un plic. Mie îmi revenea să duc plicul persoanei descrise și să o invit pe scenă. Atunci urma să fie citită în sfârșit descrierea, pentru ca toți spectatorii să constate corectitudinea alegerii. L-am prins pe domnul simpatic de mână și am pornit împreună să înaintăm în sală, printre spectatori. Am fost repede convins că am ajuns lângă persoana căutată și am invitat-o pe scenă. Era o tânără extrem de atrăgătoare, cu părul de culoare închisă. Am deschis încet plicul și am citit: „Bărbat cu chelie..." N-am putut continua. Publicul era în delir – nobody is perfect!

EXPERIMENTUL ESENȚIAL: CITITUL GÂNDURILOR

Și dumneavoastră puteți deprinde, după mult exercițiu, bazele cititului gândurilor.

- Așezați un șir de opt obiecte pe o masă.
- Rugați-l pe un prieten să se gândească la unul dintre obiecte. Nu încercați niciodată să ghiciți spontan ce obiect și-a ales. Nu luați niciodată o decizie spontană în această privință.
- Acum, cu îngăduința subiectului, prindeți-i încheietura mâinii stângi. Strânsoarea trebuie să fie fermă! Țineți mâna stângă ridicată, la înălțimea șoldului.
- Rugați-vă prietenul să se gândească la direcția în care ar trebui să vă mișcați mâna dreaptă pentru a apuca obiectul la care se gândise. Fără să spună niciun cuvânt, el trebuie să vă ghideze, ordonându-vă mutește să mișcați mâna dreaptă spre stânga sau spre dreapta, înainte sau înapoi.
- Acum, plasați-vă puțin în fața partenerului și mișcați-vă mâna dreaptă deasupra obiectelor de pe masă. Încercați să simțiți în acest timp impulsurile pe care vi le transmite el.
- Mențineți brațul stâng rigid și aveți grijă să păstrați o distanță constantă între mâna stângă și cea dreaptă.

Impulsurile care joacă un rol nu sunt la fel în cazul tuturor oamenilor. Nu am cum să vă explic cu exactitate senzația – asta trebuie să aflați din experiență personală, așa cum veți învăța să faceți diferența între nuanțele fine. Nu vă pierdeți prea repede speranța, dacă nu reușiți de la bun început. Unii se descurcă mai repede, alții, mai lent. Asta-i situația. Dar exercițiul este cheia succesului.

Dacă experimentul reușește și detectați obiecte aflate pe masă, extindeți domeniul de acțiune. Sugerați subiectului să se gândească la anumite obiecte dintr-un spațiu și apoi aflați despre ce este vorba. Stați și mergeți de fiecare dată puțin înaintea partenerului de experiment. Urmăriți cu atenție toate semnalele date de limbajul corporal: ce direcție indică picioarele lui și când anume corpul i se relaxează spontan?

Nu pot spune în ce moment ajungem să dispunem de suficientă sensibilitate. Trebuie încercat mereu să distingem orice subtilitate, cu o concentrare maximă. Scopul fiind ca, la un moment dat, să nu mai fie nevoie să urmăm gândul, ci să recunoaștem calea călăuziți de percepții, intuitiv.

SPIRITUL CONDUCE TRUPUL

Indiferent ce facem, adoptăm mereu un anume comportament, de un fel sau altul! Transmitem neîncetat semnale în mediul nostru înconjurător. Chiar și când stăm nemișcați în metrou, citind calm și tăcut dintr-un ziar sau privind fix în podea, atitudinea noastră exprimă ceva. Paul Watzlawick, renumitul psiholog terapeut, specialist în comunicație și asociat al grupului Palo Alto, a lansat formula: „Nu avem cum să nu comunicăm." Important este să învățăm să interpretăm corect toate manifestările semenilor noștri și să devenim conștienți de semnalele lansate de noi. Unul dintre participanții la un seminar organizat de mine pe tema comunicării a pus punctul pe i: „Comunicarea nu este ceea ce spunem, ci ceea ce percep ceilalți!" Doar de asta depind toate reacțiile ce urmează.

În procesul de comunicare există mai multe niveluri la care se petrece emiterea de mesaje. În tema noastră, trei dintre ele prezintă o importanță specială:

- nivelul conținutului (adică înțelesul cuvântului pronunțat)
- nivelul vocii (dacă vorbim tare sau potolit, rar sau repede, cu voce tremurată sau fermă)
- nivelul limbajului corporal (adică mimică, gestică și atitudine).

În acest domeniu, profesorul Albert Mehrabian de la University of California din Los Angeles a obținut prin cercetările sale rezultate deosebit de interesante. Mehrabian a urmărit să stabilească în ce măsură vocea și limbajul corporal influențează ceea ce receptează interlocutorul. Rezultatul: numai 7% dintr-o declarație sunt determinate de conținutul în sine. Restul de 93% este transmis prin corp (55%) și voce (38%)! Evident, merită să ascultăm mai atent și să observăm mai riguros.

Această constatare ar putea să sune ciudat, în primă instanță. Dar vă rog să vă imaginați următoarea scenă. Tânărul spune: „Trăim fericiți împreună de patru ani. Aș vrea să petrec alături de tine tot restul vieții." Se lasă în genunchi în fața femeii și o întreabă: „Vrei să te căsătorești cu mine?" Femeia se uită absent, ca prin sticlă, lasă colțurile gurii în jos, ridică din umeri, clatină încet din cap și pronunță monoton: „Da."

Presupun că tânărul nu va fi cu adevărat mulțumit de răspuns. Asta din cauză că mesajul recepționat de el nu corespunde cuvântului rostit. Ori de câte ori *ce spunem* și *cum spunem* nu se află în armonie, adică nu există o concordanță între conținut și limbaj corporal sau intonație, vorbim despre incongruență. De aceea într-o conversație țineți mereu seama de atitudine și de voce și puneți-le în corelație cu conținutul. În acest fel veți fi în măsură să recunoașteți eventuala incongruență dintr-un dialog, adică nepotrivirile lui, ceea ce vă va permite să percepeți mult mai multe mesaje decât dacă ați fi urmărit strict succesiunea de cuvinte! Dar cum putem observa mai exact? Și ce anume trebuie să urmărim cu maximă atenție?

Primul pas trebuie să fie acela de a vă impune, sistematic, să priviți mai atent. Asta nu înseamnă în niciun caz să vă holbați insistent la partenerul de discuție! Ci doar să vă străduiți să dezvoltați antene mai fine. În mod obișnuit, nici nu acordăm atenția cuvenită lucrurilor care ne înconjoară zi de zi. Dar am fi în măsură să o facem, dacă ne-am impune. Pentru cei care nu s-au săturat de experimentele uluitoare din acest domeniu și vor în continuare să se pună la încercare, iată o nouă propunere:

EXPERIMENTUL CEASURILOR

În timp ce citiți aceste rânduri, vă rog să acoperiți cu mâna dreaptă ceasul de la încheietura mâinii stângi. (Dacă îl purtați pe dreapta, procedați pur și simplu invers.) Presupun că purtați ceasul de o vreme și îl consultați zilnic de mai multe ori.

- Puteți să îmi spuneți – dar fără să verificați –, dacă ceasul are cifre romane sau arabe? Unde anume sunt plasate? Peste tot sau doar în dreptul orei 12, spre exemplu?
- Ceasul prezintă, între ore, mici liniuțe care să indice minutele? Dacă da, spuneți câte, fără să vă uitați!
- Ceasul indică și data? Dacă da, ce cifră apare acolo în acest moment?
- Cadranul ceasului dumneavoastră are cifre? Dacă da, ce anume scrie și în ce loc?
- Are și secundar?

Vă rog să aruncați o privire asupra ceasului, apoi acoperiți-l iarăși cu mâna. Acum, tocmai l-ați văzut din nou, cu toate astea majoritatea nu mi-ați putea spune cât este ceasul, exact...

Pentru cei care trec prin viață fără ceas de mână, propun o alternativă:

- Ce culoare are sigla televiziunii?
- Cum se scrie corect, „McDonald's" ori „Mc Donalds"?
- Ce culoare are canapeaua din Familia Simpson?
- Câte coloane are podul de pe bancnota de 5 euro și unde este plasată seria?
- Ce culori are de obicei sigla Google?

Vedeți cât de lipsit de precizie este spiritul de observație? Aproape toate aceste lucruri ne trec zilnic prin față, dar nu suntem în stare să le precizăm. Subconștientul are știință de toate, în detaliu, în schimb noi nu suntem în măsură să ne aducem aminte de ele, activ.

Cu ani în urmă participam cu regularitate la evenimente care se desfășurau la restaurant sau la party-uri pentru grupuri mici, de nu mai mult de zece persoane. Mă ocupam ca oaspeții de la mese să se distreze, străduindu-mă să creez o atmosferă destinsă. Pentru asta era foarte important să abordez fiecare grup în parte și să mă adaptez membrilor lui. Dar, distanța fiind atât de mică, mi se întâmpla mereu să întâlnesc atât persoane foarte interesate, cât și sceptici declarați.

Recurgeam atunci adesea la acea tactică despre care am mai vorbit în capitolul trecut: analizam cu mare atenție înfățișarea persoanei, căutând, discret, ceva ce ar fi putut să-mi pună la dispoziție un indiciu hotărâtor despre personalitatea ei. Obțineam o rezonanță pozitivă ori de câte ori le răspundeam: „Sunteți sceptic, dar asta este cât se poate de normal pentru un Vărsător!" Evocasem semnul zodiacal în modul cel mai firesc, stârnind uluirea interlocutorului. Cum reușeam lovitura? Soluția era foarte simplă: toate persoanele cărora le dădeam acest gen de replică purtau la gât un pandantiv cu semnul cu pricina, de care nici nu își mai aminteau. Comic era că ele nu își dădeau seama cum putusem să aflu un asemenea amănunt, ci erau lămuriți de cei din jur, ceea ce îmi dădea prilejul să îi zâmbesc interlocutorului prietenos și complice. Aproape fără excepție, după un asemenea schimb scepticul renunța să se mai împotrivească, trecând de partea mea.

Dacă vreți să încercați vreodată acest truc, ceea ce vă sfătuiesc să faceți, veți constata cât de ușor veți reuși să stârniți uimirea.

Și Leonardo da Vinci se plângea de pornirea oamenilor „să privească fără să vadă, să audă fără să asculte, să pipăie fără să simtă, să mănânce fără să guste, să se miște neglijându-și mușchii, să respire fără să miroasă și să vorbească fără să gândească". Începeți tocmai prin evitarea acestei greșeli. Studiați-vă cu toată atenția conlocutorul și acordați-i toată atenția, când stați de vorbă. Veți constata nu numai că veți descoperi mult mai multe decât mai înainte, ci și că veți fi tratat mai prietenos. Dar simpla observație nu este suficientă, trebuie să fiți conștient și care sunt prioritățile acestei observații. La asta ne vom referi în cele ce urmează.

OCHII, OGLINDA SUFLETULUI

„Dacă privirea nu te poate convinge, nici buzele nu te încredințează că spun adevărul." Așa rezumă situația Friedrich Grillparzer. O mulțime de oameni au pornit în căutarea unei metode de ordonare și de catalogare a semnalelor celor mai diverse opțiuni de comunicare. Căutarea lor nu urmărea stabilirea unor teze ori legi, ci a unor criterii de orientare. Ele ar urma să devină instrumente eficiente care să contribuie la descifrarea și analizarea impulsurilor emise de oameni.

În acest sens, informații utile sunt puse la dispoziție de așa-numiții indici de accesare a ochilor, *eye accessing cues*, din programarea neurolingvistică (NLP), o tehnică pusă la punct de Richard Bandler și John Grinder. „Neuro" se referă la percepția noastră prin intermediul celor cinci simțuri. Tot ceea ce percepem ajunge la creier prin intermediul simțurilor (văz, auz, miros, gust și pipăit). Creierul prelucrează această proiecție și compară toate mesajele care apar cu datele și percepțiile deja existente. Acest proces intern, neuronal, poate să aibă puternice efecte mentale și corporale. Gândiți-vă la exemplul cu lămâia – este suficient să gândim „lămâie" și glandele salivare se activează imediat. „Lingvistic" se referă la prelucrarea limbajului: textul scris a fost suficient pentru producerea de salivă. Modul cum prelucrăm datele se corelează cu modelele noastre de gândire („Lumea este ceea ce ne așteptăm că este.").

În NLP, aceste modele, sau patternuri, de gândire se numesc „programe", pornind de la premisa că ajungem să cunoaștem lumea grație simțurilor noastre și prelucrăm toți acești stimuli printr-un proces de gândire conștient și altul inconștient. Astfel se activează sistemul neurovegetativ, ceea ce la rândul lui asigură reacția organismului. Vă aduceți aminte: energia urmează atenției. Această corelație își găsește aici utilitatea.

Modul de prelucrare a stimulilor primiți este diferit, funcție de felul de gândire, diferit de la om la om – nu mă refer aici la conținutul gândurilor, care din fericire diferă și el de la om la om, ci la modul în care sunt legate gândurile de simțuri. Unii „văd" mai mult în gând, pe când alții „aud" mai mult. Un al treilea grup, în schimb, „pipăie" sau „atinge" mai mult în gând. Abordarea, prin urmare, ține de tipologie, ceea ce se reflectă adesea în alegerea limbajului. Unii spun: „Am senzația că este un plan bun." Alții: „Văd șanse bune." Iar alții: „Sună bine." Prin urmare, între gândire și simțul nostru principal există mereu o strânsă legătură.

De îndată ce stabilim contact cu o persoană, ea va începe să-și gândească automat reacțiile într-unul dintre cele trei sisteme de reprezentare. Începând din acest punct, experimentul nostru devine palpitant: ascultând atent, vom reuși să aflăm nu numai dacă interlocutorul leagă un anume gând de o imagine, de un zgomot sau de o senzație tactilă. Ne și putem da seama, urmărindu-i ochii! Ochii oferă o deschidere, un acces spre interior.

EXPERIMENTUL LIMBAJULUI OCHILOR

Vă rog să vă uitați la imaginea de mai jos: direcțiile sunt trasate din unghiul de vedere al unei persoane care se află față în față cu chipul desenat.

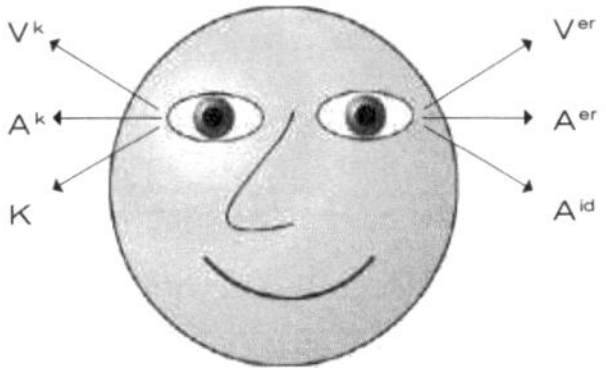

V	=	vizual (percepție figurativă)
A	=	auditiv (perceperea zgomotelor)
K	=	chinestezic (percepție a senzațiilor; simț tactil, dar și miros și gust)
er	=	amintit (readus în memorie)
k	=	construit (inventat)
id	=	dialog interior (sic!)

Ochii caută în sus când persoana se gândește la o imagine (V), direct în lateral când îi vin în minte sunete, zgomote sau cuvinte (A) și în jos spre stânga în cazul unor senzații chinestezice. Dacă interlocutorul privește drept în față, probabil că își construiește tot o imagine. Altfel, trebuie să ținem seama că, la unii oameni, printre care 50% dintre stângaci, mișcările oculare se petrec invers.

Până și susținătorii convinși ai programării neurolingvistice nu sunt dispuși să afirme că această schemă se aplică identic fiecărui om. Însă precizia metodei de analiză este surprinzător de ridicată. Dar, dacă vă iese în cale cineva care reacționează altfel, tot va rămâne fidel modului original în care reacționează. Să presupunem că se gândește la o imagine și nu privește în sus, ci în jos. Atunci va privi în jos ori de câte ori are în minte o imagine, pe asta vă puteți baza.

NLP permite chiar mai mult decât atât: funcție de direcția privirii, spre dreapta ori spre stânga, puteți stabili dacă evocă o amintire sau construiește ceva în gând!

În cazul întrebărilor care urmează, spre exemplu, ochii interlocutorului ar trebui în mod normal să se îndrepte către dreapta sus, din unghiul vostru de vedere, fiind vorba despre o imagine reconstruită vizual, din memorie:

- Ce lumină se aprinde în partea de sus a semaforului, roșu sau verde?
- Câți pomi aveți în grădina din fața casei?
- Ce culoare au ochii mamei dumneavoastră?
- Câte uși avea ultima dumneavoastră locuință?

La următoarele întrebări, interlocutorul își va îndrepta privirea, din unghiul dumneavoastră de vedere, orizontal spre dreapta, la fel ca atunci când ascultă sunete, zgomote sau cuvinte:

- Gândiți-vă la melodia preferată!
- Ce literă vine înainte de R în alfabet?
- Puteți să evocați mental vocea celui mai bun prieten?

La următoarele întrebări, interlocutorul își va îndrepta privirea direct spre stânga, în vederea reconstruirii auditive a sunetelor, zgomotelor și cuvintelor:

- Cum sună numele dumneavoastră pronunțat invers?
- Cum sună a Noua de Beethoven interpretată la flaut?

La următoarele întrebări, interlocutorul își va ridica privirea spre stânga sus, văzut dinspre dumneavoastră, deoarece răspunsurile trebuie reconstruite vizual:

- Cum arată prietenul dumneavoastră cu părul vopsit în roz?
- Cum arată salonul dumneavoastră fără mobilă?

În cazul monologurilor, privirea interlocutorului se va îndrepta, văzut dinspre dumneavoastră, spre jos în dreapta, fiind vorba despre un fel de dialog interior. Această reacție o puteți provoca spre exemplu rugând o persoană să-și pună singură întrebări despre ce ar intenționa ea de fapt.

În cazul sentimentelor, emoțiilor și al simțului tactil, privirea interlocutorului se va îndrepta în jos și stânga, ceea ce se va petrece, spre exemplu, când îi cereți unei persoane să se concentreze asupra temperaturii picioarelor ei. Alte exemple:

- Cunoașteți senzația mângâietoare a apei pe corp, când înotați?

- Ce simțiți când este iarnă și vă aflați în confortul unei case calde, iar apoi ieșiți afară, în ger?

Pentru a putea exersa observarea mișcării ochilor, extrem de potrivite sunt, spre exemplu, interviurile televizate. Alte exerciții practice puteți efectua cu un partener direct, pe care însă nu este indicat să-l cunoașteți foarte bine.

EXPERIMENTUL OCHILOR

Așezați-vă în fața subiectului dumneavoastră și nu-i spuneți ce aveți de gând. Puneți-i câteva întrebări cu care se poate activa sistemul intern de reprezentare.

Începeți cu întrebări legate de amintiri vizuale:

- Ce culoare are mocheta din mașina dumneavoastră?
- Ce culoare au ochii mamei dumneavoastră?
- Ce formă au cifrele numărului casei de afară, la intrare?

Toate aceste întrebări se referă la obiecte pe care dumneavoastră – și partenerul – le-ați văzut cel puțin o dată.

Apoi puneți întrebări despre contexte pe care încă nu le are memorate și pe care trebuie să le construiască:

- Cum ați arăta dacă ați putea să vă vedeți cu ochii mei?
- Cum ați arăta cu părul vopsit violet?

Apoi puneți întrebări auditive:

- Ce piesă muzicală vă face cea mai mare plăcere să o ascultați?

- Ce ușă din casa dumneavoastră face cel mai mare zgomot când este închisă?
- Puteți să vă imaginați cum cineva foarte apropiat vă rostește numele – într-un mod deosebit de agreabil?
- Puteți să vă imaginați cântând „Hänschen klein"[1]?

Apoi puneți o serie de întrebări chinestezice:

- Cum vă simțiți dis-de-dimineață?
- Ce senzație vă produce blana de pisică?

Trebuie ținut seama că formulele de introducere de genul „consider că", „sunt conștient că", „cred că" sau „știu că" invită toate la declarații specifice. De aceea încercați pe cât posibil să le evitați, deoarece altfel este foarte posibil ca mișcările ochilor să fie influențate. Puneți de fiecare dată întrebări limpezi: ce senzație vă produce? Cum ar arăta?

Dacă nu reușiți deloc să încadrați în categoriile discutate mișcările ochilor partenerului, atunci întrebați-l pur și simplu ce s-a petrecut în el. Urmăriți cu atenție genul de informație despre care puneți întrebări și mișcările ochilor pe care le induc ele. Puneți întrebări concrete când nu puteți înțelege sau interpreta ceva. Doar în acest fel veți atinge gradul de sensibilitate necesar. Dacă observați totul cu atenție, dispuneți încă de pe acum de o sursă de informații de încredere asupra proceselor de gândire care se desfășoară în partenerul de discuție!

[1] „Micuțul Hans", cunoscut cântec pentru copii din spațiul lingvistic german (n. tr.).

Magicianul newyorkez Steve Cohen ne oferă exemplul unei utilizări reușite a noii științe dobândite de dumneavoastră. Grație metodei lui, puteți citi gândurile unei persoane, urmărindu-i discret privirile! Alegeți pentru început o persoană de testare, a cărei privire o puteți bine ordona. Cu timpul, acumulând experiență, vă va veni tot mai ușor să aplicați corect principiul.

EXPERIMENT: CITITUL ÎN PRIVIRI

Așezați-vă în fața unei persoane și spuneți următoarele:

- Imaginați-vă că vă plimbați prin pădure. Vedeți o pasăre extraordinar de frumoasă. Imaginați-vi-o cum stă pe o ramură, cât mai exact cu putință: penele, dimensiunile și forma ciocului.
- Acum, vă rog să vă imaginați că vă aflați într-o parcare dintr-o clădire. Deodată se declanșează sistemul de alarmă al unei mașini. Imaginați-vă cu exactitate sunetul sirenei.
- În final, vă rog să vă imaginați că mâncați o felie de pizza direct cu mâna. Închipuiți-vă că ați rămas cu degetele pline de grăsime, iar acum tocmai le ștergeți cu un șervețel.
- V-ați imaginat trei scenarii diferite: pasărea din pădure, sistemul de alarmă și pizza cu grăsime – vă rog să vă alegeți una dintre aceste întâmplări și concentrați-vă intens asupra ei. Parcurgeți încă o dată întâmplarea în gând, pas cu pas.

Observați acum cât se poate de atent ochii subiectului dumneavoastră. Dacă se îndreaptă în sus, se gândește la pasăre, dacă alunecă într-o parte, alarma este de vină. Dacă este preocupat de pizza, ochii îi coboară. Spuneți-i acum persoanei testate la ce se gândește. Cum ea nu este conștientă că ochii o trădează, nu va găsi altă explicație și va rămâne uluită.

Odată ce ne preocupă comunicarea nonverbală, nu avem cum să îl ocolim pe pantomimul Samy Molcho, cu observațiile sale despre corp și modul lui de exprimare. Volumul lui, *Körpersprache*, a fost una dintre primele lucrări citite de mine în acest domeniu și a rămas una dintre preferate. De la el am aflat prima oară despre fenomenele descrise în continuare.

CE TRĂDEAZĂ PUPILELE

Să începem cu observațiile lui asupra pupilelor. În primul rând, reacționează față de intensitatea luminii: se contractă când intensitatea crește, iar când scade, pupilele se dilată, ca să putem vedea mai mult. Mărimea lor se schimbă însă mereu, chiar dacă nivelul luminos rămâne constant.

În esență, când vedem ceva ce ne interesează, ce ne dorim sau considerăm deosebit de plăcut, pupilele ni se măresc, în condițiile aceleiași intensități a luminii. Așadar, dacă flirtați cu o persoană și pupilele i se dilată, puteți merge mai departe... Dar lucrurile nu se opresc aici: e suficient să ne gândim la ceva ispititor, și pupilele ni se dilată. Aceeași reacție se petrece când ne afundăm într-o ocupație anume și uităm de toate celelalte.

Chiar dacă nu suntem conștienți de acest fapt, stabilim fără să ne dăm seama o legătură între dilatarea pupilelor și simțămintele pozitive. Din acest motiv, oamenii care prezintă această caracteristică sunt în esență mai atrăgători decât ceilalți. Pentru a obține o confirmare a acestei legături au fost întreprinse nenumărate teste. Printre altele, unor bărbați li s-au prezentat mai multe fotografii în care apăreau aceleași femei. Însă pe unele dintre imagini pupilele au fost mărite artificial. Majoritatea bărbaților au considerat persoana reprezentată în acea fotografie indiscutabil cea mai atrăgătoare. De altfel, în cadrul ședințelor fotografice, se folosește de obicei lumină foarte puternică, pentru ca pupilele modelului să se îngusteze. După aceea, în vederea publicării imaginilor pe copertele revistelor de modă, pupilele sunt mărite prin procedee tehnice, pentru a face fotomodelele mai atrăgătoare, spre creșterea vânzărilor. Și încă un sfat: pupilele oamenilor cu ochi de culoare închisă sunt mult mai greu de urmărit, din cauza contrastului redus. De aceea este nevoie de observații mult mai concentrate.

Invers, când ceva nu ne face plăcere, pupilele se contractă – se „închid", în cel mai propriu sens al cuvântului. Prin urmare, de îndată ce pupilele se micșorează, în condițiile unei lumini egale, luați la cunoștință că interlocutorul ar dori să se izoleze și simte respingere față de ceva anume. De aceea rămâne valabil: un gând rău este suficient pentru ca pupilele să se contracte.

Mulți se tem, intuitiv, că ochii trădează câte ceva despre ei, luându-și măsuri de protecție. Indiciile trădătoare nu mai pot fi detectate în spatele ochelarilor de soare, spre exemplu. Ați urmărit vreodată un joc de poker la televizor? Unii dintre jucători poartă ochelari de culoare închisă, ca să se ferească de privirile celorlalți jucători. Evită să li se vadă pupilele și cum se măresc când a intrat o carte bună sau, invers, cum se îngustează când cărțile sunt proaste.

Cei mai mulți nu știu însă că ochii pot spune atât de multe despre mișcările noastre interioare, cu condiția să fim buni observatori. Însă puteți învăța ce anume să urmăriți, ținând seama că practic nu se pot preveni schimbările din privire oricât ne-am strădui să o facem. Pupilele se sustrag aproape total controlului nostru, fiind de aceea un indicator fidel al trăirilor interioare.

CE NE SPUNE FELUL ÎN CARE PRIVIM

Când vă certați cu cineva și îi adresați poate chiar și amenințări: cum vă uitați la acea persoană, cum o fixați și încotro vi se îndreaptă privirile? Cu siguranță că direct în ochii partenerului de discuție, fără a-l mai scăpa din priviri! Musculatura gâtului se încordează și vă uitați țintă la el. Privirea vă devine sfredelitoare în adevăratul înțeles al cuvântului, fixându-se în ochii interlocutorului, transmițând un semnal cât se poate de limpede: „Te știu și mă înfrunt cu tine." Privirea are valoare de avertisment sau chiar de amenințare. De regulă, unei asemenea priviri i se răspunde imediat cu aceeași monedă. Din acest joc iese învins cel care se uită primul într-o parte.

Așadar, multe depind de stăruința privirii și există reguli nescrise referitoare la încrucișarea privirilor: să presupunem că ieșiți la plimbare și de dumneavoastră se apropie un străin, de aceeași parte a trotuarului. De regulă, puteți să asistați la desfășurarea următoarei scheme: aveți un scurt schimb de priviri – funcție de situație, poate schițați un scurt salut –, după care priviți drept înainte. Foarte scurtul schimb de priviri este de maximă importanță, căci spune: te-am văzut și te respect. Dacă se întinde prea mult, devine amenințător. Samy Molcho descrie același fenomen, referitor la comportamentul din lift: într-un lift se află o singură persoană, dar când oprește la un etaj se mai urcă încă o persoană. De îndată ce ușile s-au închis, cei doi au de regulă un schimb scurt de priviri, după care fiecare se uită în altă direcție – de cele mai multe ori total irelevantă: unul citește lista de meniuri afișată, deși are o întâlnire stabilită într-un alt restaurant. Celălalt admiră butoanele de comandă și uită cum arată de îndată ce a coborât sau se ocupă cu orice altceva pare cât de cât rațional.

Dacă în cursul unui dialog lipsește privirea de legătură, celălalt se simte prost tratat, ca și cum ar fi rămas suspendat. Prin urmare, este fără discuție nepoliticos să nu-i adresezi celuilalt o privire, când îl întâlnești. Imaginați-vă că o pereche stă pe o bancă, în parc, iar prin fața lor trece alergând o tânără. Amândoi o observă. Apoi doamna adresează soțului ei o întrebare, iar el răspunde, continuând să se uite în urma alergătoarei. Cu siguranță ea se va simți jignită și neglijată, având parte de un tratament nepoliticos.

Dacă cineva vrea să ne convingă cu orice preț de ceva anume, dar îi lipsesc argumentele sigure pentru a-și susține punctul de vedere, va încerca de regulă să ne fixeze stăruitor cu privirea, intenționând astfel să ne oblige să ne concentrăm exclusiv asupra lui. În realitate, se petrece invers: în scurt timp suntem atât de preocupați să rezistăm privirii insistente, încât nu ne mai putem concentra asupra conținutului comunicării. De aceea, dacă vreți să vă tratați corect partenerul, trebuie să-i lăsați mereu prilejul, în timpul unei discuții, să-și abată din când în când privirile, pentru scurt timp, întrerupând astfel fluxul de informații în ambele sensuri. Așa îi veți acorda șansa de a-și ordona gândurile, pentru o clipă. De îndată ce va fi din nou pregătit să reia discuția, vă va privi din nou, arătând că este pregătit să continue discuția.

Mai dificil este când contactul vizual dispare pentru mai multă vreme. Atunci se poate întâmpla o întrerupere a întregului proces de comunicare, deoarece nu mai există un receptor pentru cuvintele noastre. Putem continua să emitem informații, dar ele se îndreaptă spre un gol. Interlocutorul nu mai este prezent decât fizic, gândurile și mintea lui aflându-se departe, cel puțin prin renunțarea la contactul vizual. De aceea ni se și întâmplă să strigăm „Te rog să te uiți la mine!" când ne certăm și celălalt nu ne mai privește.

Nu numai durata privirii, ci și direcția ei joacă un rol important. Privirea îndreptată în sus nu trebuie neapărat să însemne că interlocutorul își aduce aminte de o imagine. Poate să fie interpretată și ca o imaginară solicitare a ajutorului unei instanțe superioare: „Doamne, cât sunt de prost, ajută-mă, Te rog." Țineți minte cum se întâmpla în vremea școlii: erați perfect pregătit pentru examen, cu o zi înainte știați toată materia și răspundeați la toate întrebările. Dar în ziua cea mare nu vă mai venea nimic în minte. În asemenea clipe, cu siguranță vă ridicați privirile spre cer și gândeați: „Nu se poate așa ceva. Știu răspunsul corect, mi se plimbă în minte, dar refuză să iasă, ce porcărie."

Ceva de acest gen mi s-a întâmplat și mie, la proba orală de la bacalaureat. Din cauza materiilor principale alese de mine – franceză, engleză și geografie –, am fost silit să dau examen oral la matematică. Mai rău nu se putea! Examenul se desfășura în fața a doi dintre profesorii mei și unul străin, de la altă școală. Profesorul de matematică era un tip foarte descurcăreț, care ne voia binele. Și a făcut o înțelegere cu noi: „Nu am voie să vă întreb ce subiecte vă convin, de aceea aș vrea să știu cam ce nu v-ar conveni." Totul era pe față și nu se încălca nicio regulă. Pe mine mă supăra cel mai tare calculul probabilităților, iar profesorul mi-a propus: „În partea obligatorie, pe care o conduc eu, îți pun o întrebare simplă din calculul probabilităților. Examinatorul din afară va considera subiectul bifat și te va întreba alte lucruri, mai bine știute de tine." Asta a fost strategia.

În ziua examenului, prima parte s-a desfășurat conform planului. Am primit de la supraveghetori un plic cuprinzând mai multe subiecte, pentru a căror rezolvare aveam la dispoziție o jumătate de oră. M-am dus emoționat la locul meu și am scos fila din plic cu degetele tremurânde. Am parcurs rapid subiectele și m-am înseninat – știam să rezolv totul, iar cele legate de „calculul probabilităților" erau atât de simple, încât nu-mi puneau greutăți. Era vorba despre diagrame tip arbore simple, cu care atingeam și limitele cunoștințelor mele despre calculul probabilităților. După faza de pregătire, am fost chemat în fața comisiei și a trebuit să-mi prezint rezolvările.

Ceea ce am făcut cu succes, trecând cu aplomb calculele corecte pe tablă. Toată lumea s-a arătat impresionată – până a venit rândul examinatorului străin. Mi s-a adresat prietenos: „Acum, dacă tot vorbim despre calculul probabilităților, am să vă rog să-mi spuneți axioma probabilității a lui Andrei Nikolaevici Kolmogorov."

Fir-ar afurisit! Mi s-au căscat ochii, mi s-a deschis gura și am privit în sus. Profesorul meu de matematică a închis ochii, a strâns buzele și și-a dres vocea. După o scurtă eternitate, am zis: „Nu-mi aduc aminte de ea." Profesorul meu s-a uitat și el în sus... firește.

CE TRĂDEAZĂ OCHII MĂRIȚI

Sunt cu adevărat mândru de următorul experiment, pe care l-am prezentat în multe rânduri: unui spectator îi revine să se gândească la o persoană. Apoi eu o descriu, iar în încheiere îi spun și prenumele! Reacția spectatorilor este aproape unanimă: fac ochii mari și deschid gura.

Ori de câte ori un om deschide larg ochii, semnificația este mereu aceeași: „Aș vrea mai multe informații despre ceea ce tocmai s-a întâmplat sau s-a spus." Reacția ar putea avea mai multe explicații. Cineva fie nu a înțeles ceva și se mai întreabă: „Cum este posibil, așa ceva nu există!" Fie ar vrea să știe mai multe despre un anume subiect, deoarece poate că a auzit ceva interesant, despre care și-ar dori mai multe informații.

Asemenea cunoștințe se pot utiliza și în comerț. Dacă un client face ochii mari în timpul discuției cu un vânzător, pentru acesta este un semnal cât se poate de important. Un profesionist îl va recepta cum se cuvine, va pune întrebările potrivite și va trage cele mai corecte concluzii. Semnalul invers, micșorarea ochilor, înseamnă că acea persoană are nevoie de mai multe informații. În acest caz, este vorba de cele mai multe ori despre detalierea unor informații deja existente. Persoana se concentrează asupra unui anumit aspect. Toți factorii tulburători trebuie îndepărtați și atunci ochii se îngustează, pentru ca privirea să se concentreze, așa cum concentrează lupa razele de soare. De cele mai multe ori, pleoapele strânse semnalează o întrebare bine țintită: „Acest aspect încă nu l-am înțeles foarte bine, aș vrea explicații suplimentare, dacă se poate." Nu este exclus nici ca interlocutorul să desfășoare un monolog interior, în urma căruia să-și rezolve nedumerirea, dându-și singur răspunsul la întrebare. În acest caz, este mai bine să-l lăsați să-și ducă gândirea până la capăt, deoarece are evident nevoie de un răgaz, iar ochii lui vor reveni la dimensiunea normală de îndată ce a găsit răspunsul – sau de îndată ce este pregătit să pună o nouă întrebare.

CE TRĂDEAZĂ OCHII ÎNCHIȘI

Când închideți ochii, înseamnă că „trageți obloanele", adică încercați să vă izolați. Vreți să vă țineți departe de toți stimulii din afară. Nu mai emiteți nimic și nu mai vreți nici să recepționați vreun semnal. Acest comportament poate să aibă diverse motive. Poate că sunteți obosit și vreți să vă trageți puțin sufletul, după torentul de impulsuri venite din jur. Nu mai doriți informații noi și trebuie să luați o scurtă pauză. Dar s-ar putea să nu vreți să acceptați un fapt oarecare, poate că v-a tulburat o știre. Și în acest caz închideți ochii și comunicați, fără cuvinte: „Nu mai vreau să știu nimic, gata." Și atunci când ne simțim copleșiți de informații, închidem ochii, ca să ne apărăm. În postura de interlocutor, ar însemna că trebuie să ne oprim puțin, pentru a nu pune o presiune prea intensă asupra partenerului de discuție, prin spusele noastre.

Aceste observații, în care urmez în bună măsură analiza făcută de Samy Molcho, le combin în general cu teoria direcției privirii din NLP și am cea mai mare încredere în această metodă. Astfel cunosc de la început o seamă de lucruri despre procesele ascunse care se petrec în mintea interlocutorului meu. Și dumneavoastră dispuneți de acum de instrumente importante din trusa de descifrare a semnalelor nonverbale. Cu această știință, puteți orienta constructiv acțiunile partenerului de discuție. Dar păstrați aceste secrete doar pentru dumneavoastră, deoarece sunt extrem de eficiente și de prețioase. La fel ca o comoară.

Vă pot fi de mare folos în sfera privată, spre exemplu: să presupunem că aveți o întâlnire cu o persoană care vă stârnește foarte mult interes. Pentru început, mențineți contactul vizual îndelung și priviți-o profund în ochi. Asta are darul să-i dea interlocutorului o senzație de confort. Dar țineți seama de justa măsură, de ea depind multe. După un timp, atacați un subiect la care țineți în mod deosebit. Atunci însă, îndreptați-vă privirile asupra mâinilor sau paharului propriu. Sub niciun motiv să nu vă mai priviți interlocutorul în ochi!

Și iată ce se va întâmpla: persoana va simți că ceva nu este în regulă, că a pierdut contactul cu dumneavoastră. Va încerca să restabilească legătura și vă va vorbi mai deschis și onest. De îndată ce o va face, o veți privi în ochi din nou, încurajând-o să continue în același registru. Sunt convins că în acest fel vă puteți atinge mai ușor țelul, stabilind o apropiere.

GURA – VORBIRE FĂRĂ CUVINTE

Aproape tot ceea ce pătrunde în corpul uman intră pe gură. Aici se filtrează cu grijă ce ne face bine – și ce nu. Tot ceea ce nu este acceptat de senzorii gustului respingem, fie scuipând, fie înghițind în ciuda voinței. Dacă înghițim de bunăvoie sau cu împotrivire, ni se oglindește pe chip, mai ales în zona buzelor. De aceea trebuie să fim atenți la musculatura din jurul gurii. Tot prin gură se face auzită și vorbirea. Gura joacă un rol esențial în comunicare – cea verbală, dar și nonverbală.

Gura reacționează la receptarea de informații aproape în aceeași manieră ca la receptarea hranei. Dacă este sătulă, dacă se bulucesc prea multe informații, mai multe decât pot fi prelucrate dintr-o înghițitură, atunci se deschide, spre a se degaja. La fel, se poate deschide pentru a permite să pătrundă mai mult. Deschidem gura și când ne mirăm, când suntem surprinși de ceva. Prin urmare, ori de câte ori avem nevoie de mai mult timp ca să prelucrăm ceva, întredeschidem buzele. La fel ca la ochi: se deschid larg, pentru a prelua mai multe informații. Gura se face mare, rotundă și se deschide larg, deoarece vrem mai mult dintr-un lucru anume. Semnalul reprezintă o invitație adresată interlocutorului.

În adolescență urmăream cu entuziasm programele de și cu Alfred Biolek. Îmi aduc aminte perfect până astăzi de o apariție a lui Samy Molcho într-una dintre aceste emisiuni. Atunci am văzut:

EXPERIMENTUL MANDIBULEI

- Vă rugăm să deschideți gura și să lăsați maxilarul inferior moale. Rămâneți în această poziție. Acum faceți ochii mari. Vă rugăm să calculați cât face 7 x 8 + 12?

- Găsirea soluției vă va lua mult mai mult timp dacă socotiți cu gura deschisă decât în condiții normale și veți simți mereu impulsul de a o închide, spre a vă fi mai ușor. Asupra acestui fenomen vom reveni mai târziu.

Concluzia, pe scurt, ar fi următoarea: se întâmplă nu numai că gândurile au efect asupra corpului nostru – rămânem cu gura căscată –, ci și ținuta influențează modul în care gândim: de fapt, gândirea ni se blochează când avem gura deschisă. Când stăm de vorbă cu un om aflat în această situație, înseamnă că în acel moment nu mai este capabil să recepteze nimic. Trebuie să facem o pauză, așteptând până ce a asimilat cele auzite.

Dacă buzele deschise indică nevoia de mai multă informație, buzele strâns lipite arată exact opusul! Le ținem bine închise când nu mai vrem să înghițim sau să acceptăm ceva. Astfel ne arătăm limpede repulsia. Funcționează și invers: putem nu doar să ne delimităm de spusele celorlalți, ci și să ne impunem tăcerea. Asta înseamnă respingere în formă pură.

Apoi avem posibilitatea de a ne mușca buzele. Putem fie să ne prindem o buză între dinți, fie să retragem ambele buze spre interior, înainte de a le mușca. În ambele cazuri, urmărim să ne împiedicăm să spunem ceva. Preferăm să ne blocăm buzele decât să ne scape ceva ce nu am vrea să spunem. Asta semnalează: „Mă stăpânesc conștient și mai bine nu zic nimic." Gestul poate fi interpretat și ca nesiguranță, persoana în cauză fiind poate nehotărâtă dacă să zică ceva sau mai bine nu, preferând să tacă, pentru moment.

Și zâmbetul poate avea mai multe subînțelesuri, interpretarea fiind posibilă prin observare atentă. Zâmbetul presupune ridicarea colțurilor buzelor – dar asta nu este tot. Zâmbetul exprimă nenumărate nuanțe. Atenție: de regulă, un zâmbet autentic durează mai mult decât unul fals. Iar zâmbetul fals dispare mult mai abrupt, pe când cel adevărat dispare treptat. Zâmbetul fals se rezumă la buze, pe când la un hohot de râs din inimă sau la un zâmbet cinstit, prietenos, râd și ochii. Ceea ce se constată după cutele fine de lângă ochi. Râsul autentic, cu sprâncenele ușor lăsate în jos, se întinde peste ambele jumătăți ale feței, pe când zâmbetul fals merge mai mult pe jumătate de față. Astfel, un zâmbet strâmb este de cele mai multe ori nesincer. Râsul este în sine un proces firesc, cu multe fațete, care, cu oarecare exercițiu, vă poate pune la dispoziție indicii importante.

Am examinat până acum în amănunțime cele mai importante semnale de mimică. Cu ajutorul semnalelor emise de fața unui om – în primul rând de ochi și de gură –, puteți pune la cale împreună cu un partener un joc extrem de misterios, în urma căruia puteți ține toate firele în mână. Mie mi-a fost arătat prima oară de prietenul și instructorul meu, Michael Rossiége. Este un joc clasic de programare neurolingvistică, menționat de multe ori în bibliografia de specialitate. Sunt sigur că veți fi surprinși de rezultatele pe care le puteți obține.

EXPERIMENTUL PRIETEN-ORI-DUȘMAN

- Alegeți un partener de joc și așezați-vă față în față cu el. Rugați-l să se destindă și, pentru moment, să nu se concentreze asupra niciunui lucru anume. Odată ce s-a făcut comod și pare calm și deconectat, cereți-i să se gândească la o persoană pe care nu o agreează. Fără să vă spună despre cine este vorba. Dar să și-o imagineze cu exactitate: culoarea părului, a ochilor, nas, haine și așa mai departe. Observați fizionomia lui din acel moment.

- Apoi partenerul trebuie să se gândească la o persoană pe care o place foarte mult. Și de data asta trebuie să reconstituie detalii, culoarea ochilor etc. Și notați-vă și de data asta fizionomia lui din acea clipă.
- Rugați-vă acum partenerul să se concentreze asupra persoanei, spre exemplu, cu părul de culoare mai închisă. Observați-i foarte atent mimica: ce se petrece cu pupilele? Se măresc, se micșorează sau rămân la fel? Ce se petrece cu ochii: se măresc sau se micșorează? Ce face gura: apare o umbră de zâmbet pe chipul partenerului sau își strânge ușor buzele?
- Cu puțin exercițiu, veți reuși să recunoașteți în majoritatea cazurilor la care persoană – cea iubită sau dimpotrivă – se gândește partenerul de joc și, spre surprinderea lui, îi veți putea spune acest lucru!

O altă tehnică din NLP este oglindirea. În acest joc, trebuie să adoptați de fiecare dată aceeași atitudine ca a partenerului. Încercați și dumneavoastră!

EXPERIMENTUL OGLINZII

- Țineți seama, nu trebuie să vă maimuțăriți partenerul! De îndată ce o faceți și el bagă de seamă, nu mai aveți nicio șansă să stabiliți o bună legătură.
- Din această cauză, unii instructori recomandă reflectarea decalată. Astfel, voi adopta ținuta partenerului de îndată ce el și-a schimbat-o. Dacă cineva își încrucișase brațele și apoi trece la o ținută deschisă, îmi voi încrucișa și eu brațele și așa mai departe.

Acest joc vă poate ajuta să aflați ce se întâmplă în mintea partenerului. Nu trebuie să uitați că ținuta corpului dumneavoastră influențează gândurile. Întâlniți din nou această situație, care joacă un rol activ și trebuie utilizată în consecință.

Oglindirea pretinde însă o precauție extremă, deoarece această metodă este cunoscută de mulți, ei fiind firește atenți să nu le fie lor aplicată de alții.

EXPERIMENTUL MONEDEI

Prin intermediul mimicii, puteți afla mult mai multe despre interlocutorul dumneavoastră:

- Așezați pe masă, în fața dumneavoastră, o monedă de 2 euro, apoi, alături, una de 20 cenți, apoi de 2 și de 1 cent.
- Apoi vă întoarceți cu spatele și cereți unui participant la joc să țină într-o mână moneda de 2 euro. Iar în cealaltă mână să țină restul banilor. Apoi îl rugați să închidă pumnii și să țină mâinile în față. După aceea vă întoarceți din nou cu fața spre el.
- Indicați mâna stângă a participantului și rugați-l să înmulțească cu șapte valoarea monedei sau a monedelor. Așadar, presupunând că este vorba de moneda de 2 euro, se calculează 2 x 7.
- Apoi indicați mâna lui dreaptă și rugați-l să înmulțească valoarea monedei/monedelor tot cu șapte. În acest caz, va fi vorba de 23 x 7.

Secretul: studiați-l cu atenție, cât face calculul. Operația ușoară îi va solicita mai puțin timp – ceea ce veți constata ușor.

Moneda de 2 euro se află în mâna care îi pune partenerului de joc mai puține dificultăți de calcul!

CAPUL ȘI GÂTUL – MENȚINEREA ATITUDINII

Copiii reprezintă cea mai grea și mai frumoasă provocare din viața mea. Încă de când soția mea era însărcinată cu primul nostru copil am fost extrem de tulburat și am făcut lucruri pe care cu un an mai devreme le-aș fi considerat imposibile: am absolvit un curs de înfășare, am participat la un curs de pregătire în vederea nașterii și am ascultat conferințe referitoare la graviditate și naștere! Aceste prelegeri au fost minunate și m-am bucurat de fiecare dintre ele în parte. Vorbitorii erau specialiști cu greutate, care făceau prezentări exhaustive, vorbind și despre copii în primele faze și despre felul în care percep ei lumea. Cursurile se țineau în minunata sală a clinicii LMU de pe Maistraße din München. Spațiul și atmosfera de acolo m-au atras atât de mult, încât am ales-o drept cadru pentru una dintre emisiunile mele televizate. Aici aveam să desfășor mai târziu senzaționalul Flatliner[1] Experiment, în care îmi opream bătăile inimii. Așadar, pulsul meu s-a întrerupt la doar câțiva metri de locul unde au venit pe lume cei doi copii ai mei.

Să ne întoarcem la prelegeri. Într-una din seri, un profesor ne-a supus unei probe foarte interesante. A proiectat pe ecran fotografia unui bebeluș și ne-a rugat pe toți să

---

[1] Film thriller despre trăiri induse, la limita dintre viață și moarte (n. tr.).

privim foarte atent imaginea. După o vreme ne-a atras atenția că ne lăsaserăm cu toții capul pe o parte.

Prin urmare, imaginea unui bebeluș lipsit de apărare fusese suficientă pentru a declanșa în noi un reflex și începuserăm imediat și inconștient să comunicăm verbal cu micuțul: „Eu nu reprezint o primejdie!" Căci, de îndată ce ne lăsăm capul într-o parte, îi arătăm celui din fața noastră un punct cât se poate de vulnerabil al corpului, artera carotidă. Este un punct absolut sensibil pentru toate animalele și ținta principală a atacurilor carnivorelor. În mod normal, și noi protejăm asemenea puncte vulnerabile. Când le expunem vederii, în schimb, vrem să transmitem: „Ai încredere în mine, nu sunt periculos pentru tine, și eu am încredere în tine și îți arăt că sunt vulnerabil." De aceea în reclame se vede adesea imaginea unor oameni cu capul înclinat, sugerându-ne să ne deschidem față de mesajul lor.

Reprezintă un gest liniștitor, repetat deseori și de oamenii slabi și servili – asemănător animalelor care, drept semn limpede al supunerii, se pun pe spate și-i oferă învingătorului zonele lor vulnerabile. Prin urmare, când în cursul unei discuții cineva își îndreaptă brusc capul, atunci cu siguranță nu este de acord cu ceva sau s-a enervat. Acest semn este de obicei subliniat și printr-o schimbare a direcție privirii și a formei buzelor.

Putem să ne expunem gâtul și mai mult, lăsându-ne capul pe spate. Gestul are două semnificații posibile: pe de o parte, ne arătăm gâtul, pentru a demonstra unui eventual adversar că nu ne temem de el: „Îndrăznește să te apropii, că o să vezi ce pățești." În acest caz, capul stă drept și se lasă spre spate, cu bărbia împinsă în față. Observ acest gest mai ales la copiii mei, cu scurt timp înainte să înceapă să se certe. Dacă cineva ne întâmpină cu această atitudine, o luăm ca pe o provocare sau ca pe o aroganță. Pe de altă parte, dezgolirea gâtului poate să însemne și o invitație la flirt, la un joc amoros. Din partea unei femei, dezgolirea gâtului reprezintă un gest senzual. Mișcările de pregătire se desfășoară de aceea în general lent, iar în final capul rămâne aproape mereu puțin întors într-o parte. Suplimentar, mâna este adusă deseori la gât, pentru a atrage și mai mult atenția asupra punctului vulnerabil: „Uite aici, am încredere deplină în tine. Îți indic chiar și un punct sensibil." Asemenea semne sunt transmise și recepționate de celălalt aproape mereu inconștient, dar au efect extrem de puternic. Doar în cazuri rarisime cei implicați pot să explice de ce au reacționat într-un fel sau altul. Pur și simplu s-au lăsat în voia vrăjii.

Opusul este la fel de posibil: când un om își aduce capul înainte și simultan îl înclină în jos, urmărește să-și protejeze gâtul. Această atitudine semnifică precauție. Fie este nesigur pe sine, fie adoptă o poziție de apărare. De cele mai multe ori își va susține gestul și printr-o ridicare din umeri, care poate fi remarcată aproape mereu împreună cu expresia „Habar n-am!"; de îndată ce nu mai suntem nesiguri ori credem că nu mai este nevoie să ne apărăm, capul și umerii se întorc la poziția inițială. Potrivit lui Charles Darwin, oamenii lasă capul în jos pentru a nu avea un aer de amenințare. Firesc: în acest fel, par mai mărunți. Astfel, adesea oamenii își apleacă puțin capul, inconștient, când se apropie de o persoană pe care o consideră importantă. Este vorba despre gestul opus celui descris mai înainte, adică acum gâtul este expus conștient, provocator.

Dar și semnalul plecării capului înainte poate servi, funcție de situație, și ca instrument de flirt. Când o femeie cu capul plecat își privește interlocutorul bărbat, ochii ei par mai mari, iar trupul, mai mic. Gestul este cu atât mai convingător cu cât apelează la instinctul bărbaților de a sări în apărare. Femeia se arată fragilă și lipsită de protecție. Un studiu al University Colleges din Londra a stabilit, pe baza unor observații susținute, că femeile cu capul plecat care privesc în sus au asupra observatorului un efect instantaneu de feminitate mai pronunțată decât cele care adoptă o altă postură.

Mai există apoi acea poziție înclinată a capului însoțită de o privire fixată asupra interlocutorului. Ea indică limpede voința de confruntare. O postură pe care o adoptă de preferință purtătorii de ochelari. Privirea aruncată peste rama ochelarilor este imposibil de interpretat greșit: „Nu te cred, sunt absolut de altă părere."

După cum am arătat, toate pozițiile pe care le pot lua capul și gâtul pot fi interpretate într-un sens sau altul, nu rareori contradictorii. Iese din nou în prim-plan dilema că limbajul corporal nu poate fi limitat la o interpretare lipsită de ambiguități, ca o listă de instrucțiuni. Concluziile standard nu sunt posibile. Niciun gest luat în sine nu poate defini întreg comportamentul unui om. Hotărâtor rămâne contextul: pentru a descifra corect toate semnalele, trebuie observate toate detaliile și interpretată corect interacțiunea lor. Aici trebuie să intervină intuiția personală.

UMERII ȘI BRAȚELE – CE DEZVĂLUIE SCHIMBAREA POZIȚIEI

În mod normal, un partener de discuție își menține umerii paraleli cu cei ai interlocutorului. De îndată ce își modifică această poziție, împingând brusc un umăr în față, intenția lui este de a crea astfel o barieră. De cele mai multe ori, nu este de acord cu ceva și încearcă astfel să se distanțeze. La acest semnal aveți prilejul de a ataca din nou subiectul. În măsura în care vreți să o faceți!

Prin gesturi făcute cu brațele ne putem deschide față de partenerul de discuție, întinzându-le ușor în față și îndreptând palmele în sus – sau ne putem închide, ridicând bariere, aducând un singur braț în fața corpului sau încrucișând ambele brațe. Dar un asemenea gest este, după părerea mea, cel mai adesea expus interpretării greșite! Este considerat drept semn care servește să blocheze comunicarea, sugerând că interlocutorul refuză să acorde atenția cuvenită.

De foarte multe ori este exact invers! Să ne imaginăm doi oameni care stau de vorbă între ei la un party. Deodată, unul își încrucișează brațele. Gestul este aproape întotdeauna un semnal adresat tuturor celor din jur să nu deranjeze conversația și să nu li se adreseze nimeni: „Vă rog să nu îmi vorbiți; ceea ce spune interlocutorul meu este prea interesant ca să fie întrerupt." Prin urmare, semnalul este același, dar mesajul e diferit și adresat altcuiva!

Apoi ne putem exprima respingerea punându-ne mâinile în șolduri. Și acest gest se poate face cu unul sau cu amândouă brațele, efectul fiind același. În acest fel, părem mai voluminoși. Cu coatele îndreptate în afară. Gestul este menit să indice dominație: „Sunt mai mare decât crezi tu, și știu să dau și din coate!" La această ținută se poate recurge din nesiguranță sau din teamă, dar poate să sublinieze și hotărârea fermă.

MÂINILE CUPRIND LUMEA

Dacă rugați pe cineva să explice ce este o scară în spirală, cuvintele vor fi garantat însoțite de mișcări ale mâinilor, prin care va descrie formele ei cu arătătorul, în timpul vorbirii.

Ne vine în general foarte greu să comunicăm fără să recurgem și la mâini. Cu ajutorul lor înțelegem lumea din jur, în sensul cel mai literal. Samy Molcho explică limpede că doar zona de comandă dedicată degetului mare și arătătorului ocupă pe cortexul cerebral de zece ori mai mult spațiu decât picioarele sau capul! Nu-mi vine greu să-mi imaginez. Ieri, spre exemplu, am mers cu mașina la o prelegere și am stat, ca de atâtea alte ori, blocat în trafic. Am văzut în retrovizoare un domn care vorbea la telefon, la el în mașină. Vorbea, se vedea limpede, agitat și repede – probabil și destul de tare. Între timp făcea mereu semn spre sine, construia cu mâna o scară imaginară, pe care apoi o făcea să dispară cu aceeași mână. Fără să fi auzit un singur cuvânt, mi-am dat seama cu ușurință, doar urmărindu-i mâinile, că acel om (după cum spuneam, arătase repetat spre sine) construise singur ceva anume, pas cu pas (demonstrat de treptele imaginare descrise de el), care acum fie fusese declarat inutil de cineva, de sus, fie nu mai dorea el însuși să-l ducă mai departe.

Începând de atunci mi-am făcut un obicei util și amuzant din urmărirea celorlalți șoferi sau pasageri care așteptau blocați în trafic. Oricum, în asemenea situații aveți suficient timp, prin urmare este un prilej să vă antrenați talentul și cunoașterea. În comunicare, mulți își controlează mimica, odată ce au devenit conștienți câte se pot dezvălui în acest fel. Expresia facială este un element complementar ideal pentru conținutul pe care vrem să-l transmitem celor din jur. Însă uităm de cele mai multe ori să ținem seama de gesturile care însoțesc discursul, deși o privire asupra mâinilor și picioarelor ne poate dezvălui adesea mai mult decât fața interlocutorului, căruia îi poate scăpa un gest involuntar care îl trădează sau cel puțin lasă loc bănuielilor. Se poate întâmpla, spre exemplu, ca într-o ședință cineva să spună că trebuie făcut sau ocolit ceva anume, iar în același timp să indice, fără să-și dea seama, cu mâinile sau cu vârful piciorului persoana căreia ar vrea să-i încredințeze acea misiune. La fel se poate întâmpla ca, în timpul unei conversații, cineva să arate involuntar spre sine, dezvăluind în acest fel că ar vrea să devină activ sau că se simte răspunzător de ceva.

Există două genuri de mișcări ale mâinii: gestul deschis și cel închis. Prin gestul deschis i se arată interlocutorului palma deschisă. Este un semn al sincerității, că nimic nu rămâne ascuns. Apoi este un gest prietenos, de invitație, care creează încredere. Cu mâna deschisă dai și iei. Simbolul ei este „Sunt gata de un schimb cinstit".

Dacă palma rămâne ascunsă interlocutorului, transmite un mesaj de reținere. Poate din teamă sau din nesiguranță ori pentru că ceva trebuie să rămână ascuns. În orice caz, se ia o distanță față de interlocutor. La fel, atunci palmele rămân lipite de masă, se sprijină pe marginea scaunului sau chiar sunt ascunse sub masă.

Dacă facem o mișcare în sus, cu palmele îndreptate tot în sus, reprezintă simbolic prinderea interlocutorului de subsuoară. Este tipică și pentru gesturi din categoria: „Vă rog să vă ridicați." Dacă mișcăm în jos mâinile cu palmele îndreptate în sus, este un gest de invitație, de obicei cu semnificația: „Vă rog să luați loc."

Cu totul altfel ar arăta aceeași formulă dacă ar fi însoțită de o mișcare în sus a mâinii, cu dosul palmei în sus. Prietenosul „Luați loc" s-ar transforma într-un ordin subtil: „Ia loc aici." Coborârea mâinii în combinație cu dosul palmei întors în sus este întotdeauna considerată o mișcare de dominație. Ea urmărește să-l apese în jos și să-l micșoreze simbolic pe interlocutor. Gândiți-vă la discursurile politicienilor, care prin acest gest vor să semnaleze publicului „Tăcere!". Nu avem de-a face aici doar cu un semn al lipsei de modestie, de natură să neliniștească, ci de-a dreptul cu un comportament dominant.

Un alt exemplu: odată cu salutul de întâmpinare, interlocutorul vă atinge cu mâna stângă pe umăr, de sus. Mesajul: „Eu sunt cel puternic." Niciun angajat nu și-ar saluta în acest fel șeful, în schimb șeful o poate face, fără să-i provoace cuiva o impresie negativă. Statutul unei persoane determină regulile procedurii. O mică schimbare de desfășurare poate însă transforma gestul din dominant în prietenos. Și anume când atingerea nu este făcută de sus în jos pe umăr, ci cu palma deschisă, din lateral, peste partea superioară a brațului. Chiar dacă aparent este unul și același gest, efectul este cu totul altul. Asemenea mici variațiuni nu sunt de fapt percepute conștient, de cele mai multe ori, în schimb subconștientul nostru le înregistrează fără întârziere.

Unul dintre gesturile făcute mai ales involuntar este bătutul cu degetele în masă. Când interlocutorul bate ritmic cu degetele pe tăblia mesei sau pe rezemătoarea scaunului indică dorința de încheiere iminentă a discuției. Motivele pot fi multe: stres, frustrare, dorința sau obligația de a pleca. În acel moment, cu siguranță nu va mai acorda toată atenția argumentelor expuse și puteți avea o reacție față de această atitudine.

Există atât de multe gesturi, încât nu pot prezenta aici decât o mică parte dintre ele. Dar de cele mai importante, cel puțin, trebuie în orice caz să țineți seama. Când cineva prinde strâns în mână un obiect sau se prinde cu putere de marginea pupitrului, în timpul unei prelegeri, este adesea semn de nesiguranță și de teamă ori de dorință de a-și găsi un teren ferm. Înseamnă că acea persoană își caută un punct de sprijin. Desigur, asta nu este valabil pentru situațiile în care cel în cauză nu are posibilitatea să abandoneze obiectul din mână și este silit să-l păstreze în continuare. La un party la care se stă în picioare se poate bineînțeles întâmpla ca un oaspete să meargă cu paharul pe jumătate gol în mână doar pentru că intenționează să-l bea până la capăt. Ca de fiecare dată: trebuie să ne ferim de interpretări greșite.

Răspândită este și mâna făcută gheară, menită să dea mai multă greutate argumentației. Aici se impune să facem o comparație cu lumea animală, unde un asemenea gest trebuie mereu interpretat drept amenințare de atac.

La fel și în cazul mâinii strânse ca pumn. Impactul acestui gest este agresiv. Efectul este perceput întotdeauna chiar și când interlocutorul nu este conștient de gest și întregul corp va prezenta o schimbare de atitudine. Subconștientul va percepe imediat această transformare marcantă și ne va induce să reacționăm adecvat. Avem de-a face cu un instinct primar. Nereușita ar fi fatală. Prin urmare, se poate întâmpla să reacționăm agresiv la o replică și de fapt să nu știm de ce, deoarece am fost stârniți de un gest mărunt, dar pregnant, al interlocutorului, pe care l-am perceput fără ca măcar să fim conștienți că a fost comis.

Dacă îndreptați palmele ca și cum ați vrea să îndepărtați ceva, în față, înseamnă că pretindeți mai multă distanță.

Respingeți simbolic un argument – sau chiar pe persoana în cauză. Gestul poate fi înlocuit prin împingerea unui obiect aflat pe masă: un creion, un pahar, o farfurie – indiferent ce.

De îndată ce cineva începe să mute lucrurile din loc, probabil este un semnal că ar vrea să pună ordine în argumentele auzite. O altă posibilitate: persoana în cauză nu știe ce să spună și vrea să se repoziționeze în dialog, iar acum își face de lucru ca să câștige timp.

Când cineva își vâră mâinile în buzunare, nu le va mai putea folosi și în alt fel. Logic, nu? Prin urmare este un semnal limpede că în acea clipă nu are intenția să dea o mână de ajutor sau că vrea să ascundă ceva! Ambele variante se pot interpreta în sens concret și figurat. Atenție, însă: este la fel de posibil ca persoanei în cauză să-i fi înghețat degetele, pur și simplu!

Încă un mic indiciu: dacă, vârând mâinile în buzunare, degetul mare rămâne agățat de marginea buzunarului, cum se vede uneori la purtătorii de jeanși, este un comportament care sugerează dominanța. Degetul mare este cel mai puternic, iar gestul îl plasează în prim-plan. La fel și gestul de a înfige degetele mari în curea. Observați perechile care merg ținându-se de mână: partenerul dominant este aproape întotdeauna cel care ține degetul mare ridicat.

Și gestul de prindere a mâinilor la spate reprezintă un semn pregnant al dominării. Trunchiul rămâne expus, neprotejat, demonstrând siguranța de sine – în așa măsură încât mâinile sunt ținute la spate, deși asta înseamnă renunțarea la apărare, dacă ar fi să se întâmple ceva. Așadar gestul le rămâne rezervat celor cu nervii tari.

SALUTUL CU STRÂNGERE DE MÂNĂ

Modul în care este întinsă mâna oferă alte indicii prețioase despre atitudinea interioară. Inițial, acest obicei servea să se demonstreze că nu există nicio armă ascunsă. Din același motiv se practică și îmbrățișarea. Ritualul strângerii mâinii face asupra oamenilor o impresie mai profundă decât am crede, din cauză că a cam fost trecut în rândul gesturilor oarecum tocite și neînsemnate, cu semnificație redusă. În acest sens, Peter Collett descrie în *Cartea gesturilor* un experiment desfășurat în Statele Unite de Allen Konopacki: acesta a plasat o monedă de 25 de cenți într-o cabină de telefon și i-a observat pe cei care au intrat în cabină după el. Toți și-au însușit moneda. După ce ieșeau din cabină, îi aborda un student care îi întreba dacă nu cumva au văzut o monedă de 25 de cenți. Peste jumătate au mințit, susținând că nu văzuseră nimic. În cea de-a doua fază a experimentului, studentul îi saluta mai întâi pe toți cei ieșiți din cabina telefonică, întinzându-le mâna, după care le punea aceeași întrebare. De data asta doar 24% au mințit, adică peste jumătate mai puțini!

Așadar se dovedește dincolo de orice îndoială că strânsul mâinii are efect, obținând o reacție de obligație reciprocă față de un reprezentant al speciei. Ambii participanți fac simultan același gest și se pun astfel la același nivel. Dar asta se face în cele mai diverse maniere. O strângere de mână poate fi slabă sau fermă, lungă sau scurtă. De multe ori se petrec cu acest prilej procese care rămân ascunse celor din jur – din care se pot trage nenumărate concluzii.

Cu o strângere puternică de mână îi sugerezi celuilalt că îți place să menții totul sub control, că ești dominant și puternic. Studiile au arătat că o strângere de mână fermă din partea unei femei indică deschiderea – dar nu și la bărbați. O strângere de mână moale, scurtă, ne poate face să tragem concluzia că este vorba de nesiguranță ori chiar de indiferență: „Îți întind mâna, nu am de ales, dar puțin îmi pasă de tine." Persoana în cauză ar putea fi preocupată de propriile gânduri sau ar putea fi egoistă până la narcisism. În schimb, o strângere de mână prelungită, în care niciunul dintre participanți nu renunță, arată că persoana în cauză nu dorește să o lase să se îndepărteze pe cealaltă, demonstrând că ea este cea care decide. Este și un semn de dominare, deoarece o strângere foarte scurtă de mână nu demonstrează decât lipsa de obligații.

De foarte multe ori se observă cum unul dintre parteneri prinde mâna celuilalt cu ambele sale mâini. Sau se poate întâmpla să îi prindă brațul ori cotul. Aceste gesturi par un semn de prietenie deosebită, dar reprezintă în primul rând un semnal limpede al dominării și abia după aceea o garanție a apropierii. Cel care face gestul preia controlul asupra ritualului și vrea să îl mențină ferm.

În mod normal, strânsul mâinii presupune ca între cele două brațe să existe un unghi de circa 90 de grade, cu vârful spre pământ. Mâinile partenerilor adoptă poziții identice, niciuna nu se află deasupra sau dedesubt – totul se desfășoară armonic. Până când unul își răsucește mâna în sus și declară cât se poate de limpede prin gestul lui: „Preiau comanda!" Se află clar în avantaj și își câștigă astfel și superioritatea! Iar mâna de jos rămâne în inferioritate. Este încă un exemplu al unui fapt pe care nu îl percepem conștient, ale cărui implicații sunt însă de durată.

PICIOARELE INDICĂ DIRECȚIA CORECTĂ

Gândim cu toții că mimica ar spune cel mai mult despre ce se petrece în noi. Poate tocmai de aceea ne străduim atât de mult să menținem controlul asupra ei. În cele mai multe cazuri reușim de minune și tocmai acesta este motivul pentru care nu te poți mereu bizui doar pe mimică pentru a afirma ceva despre interlocutor. Ne gândim mult mai rar la ținuta corpului… Iată de ce regula empirică sună astfel: cu cât ne îndepărtăm de cap, cu atât mai sigur devine indiciul pe care ni-l oferă corpul. Așa se face că picioarele, spre exemplu, sugerează direcția de gândire a unei persoane. Când vrem să aflăm dacă cineva poartă o discuție deschis ori ostil, am face bine să aruncăm o privire asupra picioarelor sale, începând de la tălpi. Gesturile pe care evităm să le facem cu mâinile, deoarece în acest fel am face o declarație mult prea limpede, pot fi preluate de picioare. Prin urmare, se întâmplă ca o persoană înclinată să bată cu degetele în masă – indiciu clar că nu este de acord cu ceva și ar prefera să încheie discuția – să transfere semnalul spre picioare și să înceapă să le bâțâie. Conform principiului: „Nu pot să o iau din loc, dar sunt liber să bat ritmic sau să fac altă mișcare asemănătoare – în felul ăsta măcar îmi dau impresia că fug."

Dar dacă persoana pe care o aveți în față își încrucișează nu brațele, ci picioarele? Sau își destinde deodată poziția corpului, trecând la poziția paralelă a picioarelor? Prin analogie cu brațele, toate gesturile se pot transfera în jos, spre picioare. Dacă stați de vorbă cu o persoană, față în față, vârfurile degetelor sale de la picioare sunt îndreptate spre dumneavoastră, dacă vă acordă toată atenția. Presupunând că deschideți un nou subiect, iar ea își mută deodată vârful unui picior – sau chiar al ambelor – în altă direcție, puteți porni de la premisa că ar prefera să se îndepărteze chiar în acea direcție. După cum spuneam: energia urmează calea atenției – suficient să ne gândim la o direcție și corpul nostru se va mișca involuntar într-acolo. De multe ori puteți recunoaște acest impuls după vârful degetelor de la picioare.

CORPUL – EFECTUL LIMBAJULUI INTUITIV

Un fapt este sigur: toate regulile menționate aici nu ridică pretenția de valabilitate universală. În lipsa flerului și a intuiției potrivite la momentul potrivit, s-ar putea să ajungeți și la o concluzie greșită. Însă în ce fel putem dobândi acel gen de capacitate specială de a lua spontan decizia potrivită? De-a lungul îndelungatei noastre evoluții, am câștigat o experiență vastă – grație științei și rațiunii. De fenomenul intuiției s-au ocupat nenumărate studii și iată care sunt ultimele rezultate obținute în acest domeniu: ne putem bizui pe instinctele noastre cu mult mai mult decât se presupunea până acum, deoarece nu este posibilă nici gândirea fără emoții, nici invers. După părerea mea, interacțiunea lor ideală reprezintă și cheia interpretării limbajului corporal al interlocutorului. Voi descrie detaliat mai târziu în ce mod putem învăța să ne dezvoltăm intuiția, în așa fel încât să ne putem bizui pe ea. Dar acum vreau să mă opresc la povestea lui „Hans cel înțelept", pentru explicarea și ilustrarea relației dintre intuiție și descifrarea energiei limbajului corporal.

Hans cel înțelept a fost un cal care, la începutul secolului XX, a stârnit un mare interes în rândul opiniei publice.

Aparent, Hans era în stare să numere, să socotească, să recunoască imagini, să citească ceasul și, oricum, dispunea de ureche muzicală absolută. Era calul profesorului și matematicianului Wilhelm von Osten, care îl educase vreme de patru ani la socotit, citire și muzică. După încheierea studiilor, Hans era capabil să-i răspundă stăpânului său la întrebări din domeniile menționate prin înclinări și clătinări din cap sau bătăi din copită. În cursul reprezentațiilor cu public, calul număra spectatorii și rezolva chiar și calcule complicate. Recunoștea cărțile de joc și numea notele emise cu o muzicuță. Talentul lui făcea furori. Presa din toată lumea se întrecea să relateze despre calul dotat cu inteligență peste medie. În 1904 s-a alcătuit în sfârșit o comisie formată din treisprezece persoane care să verifice în ce consta secretul acestor demonstrații. Trebuia exclusă posibilitatea ca Osten să fi apelat la trucuri. Comisia a asistat cu toată atenția la demonstrațiile lui Hans și după teste nenumărate a ajuns la concluzia că Osten nu apela la niciun truc. Nu ar fi putut să-i transmită calului său semne, direct sau indirect, nu existau dubii în această privință. Căci Hans rezolva exercițiile chiar și când îi erau date de o persoană străină.

Pe unul dintre membrii comisiei îl chema Oskar Pfungst. Lui nu-i dădea liniște povestea acestui cal senzațional și a continuat cercetările și după ce, potrivit evaluării semnate de ea, comisia l-a declarat pe Hans produs de valoare certificată. La un moment dat, Pfungst a băgat de seamă că Hans nu reușea niciodată să rezolve problema când cei care i-o dădeau nu știau răspunsul. Atunci a inițiat următorul test: cifra reprezentând rezolvarea era notată de o a doua persoană pe o tablă. Conducătorul demonstrației se afla în spatele tablei, de unde nu putea să o vadă. Persoana care nota cifra se îndepărta apoi imediat din raza vizuală a calului. În acel moment, Pfungst îi arăta calului tabla; la rândul lui, Pfungst cunoștea rezolvarea doar în 50% din cazuri. Ori de câte ori conducătorul demonstrației nu știa răspunsul, calul nu era în măsură să rezolve problema. Pfungst a descoperit că Hans reușea să găsească răspunsul corect doar când limbajul corporal al conducătorului demonstrației îi semnala când era rezolvat corect un exercițiu.

Von Osten a fost disperat și a refuzat să accepte rezultatul. A continuat să afirme că Hans era în stare să rezolve singur problemele și a murit neîmpăcat câțiva ani mai târziu, deoarece această dezvăluire îi stricase reputația. Sfârșitul lui Hans ne este doar parțial cunoscut: din câte se pare, a murit pe câmpul de luptă, împușcat, în Primul Război Mondial.

Cu toate astea, povestea lui Hans are o importanță științifică formidabilă, atât timp cât grație ei s-a demonstrat că nu este nevoie decât de așteptările conducătorului unui experiment pentru ca rezultatele lui să poată fi influențate decisiv. Asemănător cu exemplul din capitolul întâi (vezi pag. 21), în care profesorii îi evaluau altfel pe elevi după ce li se spusese care sunt deosebit de înzestrați și care nu. Aceste date i-au inspirat pe numeroși alți oameni de știință să întreprindă studii similare, pentru a stabili semnificația cuvenită pe care o au *soft factors* alături de *hard facts*. Pentru că orice cunoaștere este călăuzită de interese, după cum a stabilit și Immanuel Kant.

Invoc aici această poveste din două motive. În primul rând, o consider convingătoare, fiind în mare măsură bazată pe adevăr. Iar în al doilea, până și Hans, calul, era în stare de o performanță despre care cei mai mulți nu avem habar că am putea să o repetăm, dacă am vrea. Hans avea capacitatea de a interpreta corect limbajul corporal al conducătorului experimentului.

Astfel, rezolva o problemă și când stăpânul lui nu era prezent și primea comenzile din partea unor străini. Atât timp cât o persoană din raza vizuală a lui Hans cunoștea rezolvarea, era sigur pe el și știa cu exactitate când o problemă fusese rezolvată. Mă miră foarte tare că oamenii de știință care s-au ocupat de talentul lui Hans nu și-au dat seama de performanța lui colosală. Pentru a putea citi limbajul corporal este nevoie de intuiție. Dacă un cal poate descifra în acest fel limbajul corpului omenesc, atunci și oamenii ar trebui să fie în stare să învețe acest meșteșug.

Nu vă puteți desăvârși intuiția decât exersând continuu. Observați-i pe cei din jur ori de câte ori vi se oferă prilejul. Transformați asta într-o pasiune. De cum veți avea următoarea ocazie să așteptați undeva – la medic, la coadă pentru bilete de cinema, în stația de autobuz, în cafenea –, folosiți-vă antenele. Pentru mine, feribotul Staten Island, care leagă Manhattan de Staten Island, reprezintă un adevărat paradis în acest sens. Aici se adună o diversitate extraordinară de oameni, ca într-un laborator. Un loc de observație ideal.

Străduiți-vă, în timpul observației, să vă transpuneți în pielea persoanei și să gândiți ceea ce gândește ea. Îi puteți anticipa următoarea acțiune? Cum ați reacționa în secunda următoare, dacă ați fi în locul ei? Intrați cu totul în rolul ei. Și gândiți-vă că totul nu este decât un joc, în care deocamdată nu există nicio miză. Dacă nu merge și v-ați înșelat, nu are nicio importanță. Nu vreți decât să exersați puțin. Dar vă pot promite că veți avea mai multe succese decât eșecuri. Dacă victima pleacă din acel spațiu, alegeți alta. După mai multe reușite cu străini, treceți la oameni mai apropiați, din toate punctele de vedere. Avantajul este că veți putea studia foarte bine mimica și probabil veți avea și mai mult timp la dispoziție. Reușiți să încadrați corect mișcările oculare? Ce transformări suferă buzele? Apar gesturi revelatoare sau aparente ticuri, ușor de recunoscut în anumite momente speciale? Nicicând nu pot fi mai palpitante clipele în care nu ai altceva de făcut!

TRUPUL CONDUCE SPIRITUL

Paul Ekman este unul dintre pionierii descifrării și catalogării expresiilor faciale omenești și este considerat un expert în mimică de nivel mondial. El considera că are datoria să verifice dacă mimica respectă reguli proprii și dacă expresiile faciale pot fi interpretate ca vocabule. Potrivit presupunerilor multor oameni de știință dinaintea lui, copiii imită diversele expresii faciale, inspirate de părinții lor. Din acest motiv, trebuie să considerăm că fac parte din specificul cultural. Ekman a călătorit prin toată lumea, vizitând inclusiv băștinași din păduri tropicale, pentru a găsi un răspuns la această întrebare. Le-a arătat fotografii oamenilor din toate țările, rugându-i să interpreteze fiecare stare în parte – de bucurie, surpriză, tristețe, teamă, silă sau furie. Peste tot în lume, oamenii au fost în măsură să redea și să ordoneze corect și pe loc aceste expresii.

Ekman a colaborat îndeaproape cu colegul său Wallace Friesen și a alcătuit, după cercetări care au durat șapte ani, un uriaș catalog de așa-numite unități de acțiune. Volumul conține combinații ale mișcărilor musculare pe care fața noastră le prezintă cu frecvență ridicată, are nu mai puțin de 500 de pagini și este intitulat *Facial Action Coding System* (FACS)[1]. El servește până astăzi drept lucrare de referință oamenilor de știință care se ocupă cu mimica, iar eroii filmelor de desene animate *Shrek* sau *Toy Story* au fost și ei realizați cu ajutorul FACS. Nicio altă sursă nu este la fel de temeinic sistematizată.

Ekman și Friesen au petrecut mult timp în atribuirea de emoții trăsăturilor chipului omenesc, adică să înregistreze efectul gândurilor noastre asupra mimicii. Într-o zi și-au pus întrebarea dacă întregul sistem funcționează și invers, adică dacă mimica noastră poate influența felul cum ne simțim. Concluzia epocală sună astfel: da! Gândurile noastre nu sunt o cale cu sens unic – modul cum ne mișcăm și ne menținem corpul ne influențează gândurile și sentimentele, la fel cum și ele ne influențează ținuta.

Un exemplu: vă aduceți aminte de experimentul calculului cu bărbia lăsată, făcut de Samy Molcho? Poziția maxilarului a influențat negativ capacitatea de calcul. O idee asemănătoare i-a venit și lui Ekman. El și cu Friesen tocmai ajunseseră cu studiul lor la analizarea expresiilor faciale ale furiei și suferinței. Stăteau zile întregi unul în fața celuilalt, prefăcându-se pe rând supărați și suferinzi. După o vreme și-au dat seama că deveniseră din ce în ce mai pesimiști și mai prost dispuși și că se simțeau tot mai rău la capătul fiecărei zile de lucru. De ce? Această stare nu corespundea deloc firii lor. Au bănuit că totul are de-a face cu mimica afișată și prezentată reciproc de ei.

[1] Sistemul de codare a acțiunilor faciale (n. tr.).

Au pornit în sondarea sistematică a presupunerii lor. În cele din urmă, s-a stabilit că expresia feței produce cu adevărat schimbări semnificative în sistemul nervos autonom. Cu alte cuvinte, nu vorbim aici despre un gând sau o emoție care apoi să ni se reflecte pe chip. Ci exact invers. O emoție se poate produce prin intermediul mimicii: mușchii faciali au influență asupra sentimentelor noastre! Observațiile celor doi oameni de știință au ajuns astfel într-un impas: „Ne simțim îngrozitor. Asemenea expresii ale feței nu fac decât să ne inducă tristețe și suferință. Iar când îmi cobor sprâncenele, îmi înalț pleoapa superioară, îmi îngustez privirea și îmi strâng buzele, nu fac decât să-mi stârnesc un sentiment de mânie. Pulsul îmi crește cu până la douăsprezece bătăi pe minut, iar mâinile încep să-mi transpire. Când îmi mișc mușchii feței, nu reușesc să deconectez restul sistemului. Este cât se poate de neplăcut."

Psihologul Fritz Strack a reluat acest gen de experimente la Mannheim, în 1988. Subiecților, împărțiți în două grupuri, li s-au prezentat filme de desene animate. Membrii unui grup au fost rugați să urmărească filmul ținând strâns un creion între dinți, ceea ce făcea ca marginile gurii să se ridice, ca și cum ar fi râs. Celălalt grup trebuia să țină creionul strâns între buze, ceea ce îi împiedica să râdă. Rezultatul: celor din grupul cu creionul între dinți filmele li s-au părut mult mai nostime!

EXPERIMENTUL ÎNCORDĂRII MUSCULARE

- Așezați-vă cât se poate de comod pe scaun. Destindeți-vă toți mușchii, fără grabă, și rămâneți deconectat și liniștit.

- Când ați ajuns în acest punct, vă rog să alegeți o întâmplare din trecutul dumneavoastră care vă înfurie cu adevărat și treceți-o în revistă pe îndelete. Fără să vă scape niciun amănunt.
- Vă rog să evocați din nou aceeași amintire și să o parcurgeți din nou cu gândul. Dar rămâneți cât se poate de destins! Reușiți să îndepliniți ambele cerințe, simultan? După cum veți observa, de îndată ce vă destindeți, devine absolut imposibil să vă și aprindeți de mânie, în același timp. Ca să se instaleze, furia și teama pretind încordarea mușchilor. Cu alte cuvinte, dacă reușiți să vă păstrați calmul și destinderea, furia și teama nici nu mai apar. Reciproca este la fel de valabilă.

Sentimentele extreme sunt omenești. Fiecare dintre noi își atinge câteodată limitele, iar uneori furia și teama reprezintă reacții importante, care trebuie exprimate. Trebuie totuși să fim conștienți că în orice clipă avem posibilitatea să reacționăm într-un fel sau altul. Sunt stresat și mă dezlănțui ușor ori reacționez, aproape de fiecare dată, conform principiului „Lumea este exact ceea ce ne așteptăm să fie" și privesc problema mea dintr-o perspectivă mai elevată, ca să o pot rezolva mai rezonabil?

Psihologul și consultantul Jens Corssen își descrie foarte concludent gândurile din timpul unor asemenea situații-limită: „Situația este cea care mă învață, iar eu nu sunt decât un elev. Îi mulțumesc acelei clipe grele pentru că mă pune la încercare – ajunsesem să cred că nu mai ai încredere în mine." În acest fel, se distanțează de propriul eu. Dacă se întâmplă totuși să intrați în stări de agitație, aplicați metoda clipitului din ochi, care funcționează așa: presupunând că vă scoate ceva din sărite, lăsați să treacă suficient timp, până când criza va dispărea de la sine. Și atunci vă veți destinde din nou, însă acest proces trebuie limitat și încheiat într-un mod pozitiv. Când se mai repetă criza, liniștiți-vă, clipind. După cum veți constata, corpul preia din nou conducerea și potolește mușchii, pentru ca în același timp să diminueze emoțiile până la dispariție.

Eu însumi reprezint un bun exemplu că asemenea procese sunt posibile: acum câțiva ani, eram cu o echipă care filma un documentar despre mine. O zi întreagă am alergat prin centrul Münchenului în lung și în lat, făcând diverse experimente cu trecători aleși la întâmplare. În încheiere am prezentat într-o cafenea un număr, în care, cu ochii legați, recunoșteam obiecte și descriam desene pe care nu le văzusem niciodată și apoi le și reproduceam. Apoi, când mi-am dat jos legătura de la ochi, am văzut, spre marea mea surpriză, că la masă se mai așezase încă o persoană, un necunoscut. Omul mă făcea cu ou și cu oțet în fața camerei de luat vederi, acuzându-mă de înșelătorie, ca un șarlatan ce eram. Era vorba despre o farsă pe care echipa de producție o pusese la cale cu bună-știință – prin care urmăreau cu adevărat să-mi dea o lovitură! De ce vă povestesc toate astea aici? Doar pentru că vreau să vă arăt ce trebuie să facem pentru ca toată lumea să înțeleagă bine ce se întâmplă. Imaginați-vă că deschideți televizorul și vedeți doi oameni care stau la o masă. Unul este calm, destins și sigur pe sine, celălalt este roșu la față și împroașcă venin. Care vi se pare mai simpatic? Având asta în minte, am fost imediat capabil să mă liniștesc. Cum spuneam: corpul ne influențează gândurile, iar gândurile au un efect concret asupra corpului nostru.

Sfatul meu: dacă sunteți posomorât și vreți să vă simțiți mai bine, așezați-vă corpul într-o poziție care să vă permită acest fapt. O măsură simplă, dar eficientă. Stați drept, zâmbiți și păstrați-vă calmul.

Vă mai aduceți aminte de experimentul cu lămâia imaginară ținută în mână (vezi pag. 36)? Încă o dovadă pentru ceea ce încerc să spun aici. A fost suficient să citiți despre mușcatul dintr-o lămâie ca să vi se umple gura de salivă – și asta doar prin forța gândului. Despre asta este vorba de altfel și în toate exercițiile de destindere și în meditație. Aceasta din urmă este o strategie dovedită de concentrare, de găsire a echilibrului și de îndreptare a atenției spre o țintă anume. Când altcineva face aceste lucruri în numele nostru – așa cum am făcut eu în experimentul cu lămâia –, vorbim despre sugestie sau chiar hipnoză. Sunt cele două fețe ale aceleiași medalii. În ambele cazuri, importante sunt instrumentele cu care putem aduna capacitatea de a folosi sistematic puterea care vine din interior. Și de a trage concluzii despre gânduri din modul de exprimare al corpului.

3

GÂNDURILE NOASTRE HOTĂRĂSC ASUPRA LUMII

„Toată puterea vine din interior." Pentru Serge Kahili King, doctor în psihologie, cu multe cărți publicate, această afirmație înseamnă enorm: suntem mereu în măsură să investim putere în alți oameni și evenimente sau să îi refuzăm categoric.

Oricine dispune de această capacitate și-o poate distribui uniform. În calitatea mea de cititor de gânduri, am reușit să evidențiez faptul în multiple feluri. Dar, dacă urmăresc cu adevărat să vă „acaparez", să vă transpun, nu merge decât dacă reușesc să vă trezesc în minte percepții adecvate. De îndată ce declanșez în dumneavoastră gândurile pe care mi le doresc, formulele mele pot să aibă efect. Ceea ce apoi se poate reflecta în conduita sau chiar în funcțiile dumneavoastră corporale. Pe baza imaginii produse în mintea dumneavoastră – cum este mușcarea lămâii –, corpul reacționează adecvat, din reflex. Nu este exclus să se deschidă și cu totul alte posibilități, așa cum vom vedea.

PUTEREA AUTOSUGESTIEI

Potrivit definiției hipnotizatorului american Ormond Mc Gill, „o sugestie în sensul hipnozei [este] îndeplinirea subconștientă a unei idei". Prin urmare, vorbim despre un dictat care să ajungă fără ocolișuri în subconștientul unei alte persoane și să fie dus la îndeplinire. O sugestie este întotdeauna o formă de influențare. Funcție de puterea ei, sentimentele și deciziile sunt dirijate cu forță mai mare sau mai mică într-o anumită direcție. Hipnotizatorul poate să sădească ținte într-un subconștient străin sau poate să-și modifice, adică să-și redirecționeze, propriul subconștient. De aceea se vorbește despre autosugestie și despre sugestie din afară.

Sugestia este extrem de puternică. Folosindu-mă de puterea sugestiei, am reușit să obțin pe scenă ca oameni în toată firea să-și piardă echilibrul, să nu-și mai poată mișca brațul sau să-și uite propriul nume. De îndată ce o încercare de sugestie este acceptată de subconștientul mediului, pentru el se transformă în realitate! Așa se face că o persoană poate să accepte, fără nicio explicație, o hârtie albă sau un dop în loc de bani sau, cum spuneam, să uite cum o cheamă. Însă trebuie să știm că sugestiile funcționează doar când le acceptăm personal – conștient sau inconștient – și când credem în puterea lor. Abia atunci se dezvoltă puterea lor în interiorul nostru. Pentru că, de îndată ce suntem ferm convinși de ceva, ni se limitează voința și se deschide calea spre exercitarea influenței. Convingerea noastră este întotdeauna mai puternică decât voința. Înainte să vă apuce furia din cauza acestei afirmații și să aruncați cât colo cartea, considerând-o o farsă ridicolă, am să vă rog să vă imaginați următoarea situație:

EXPERIMENTUL CU SCÂNDURA

- Așezați o scândură pe pământ, lată de circa 20 de centimetri și lungă de 5 metri, și străbateți-o de la un capăt la celălalt. În mod normal, nu veți întâmpina nicio dificultate.
- Acum, luați aceeași scândură lată de 20 de centimetri și lungă de 5 metri și așezați-o între două stânci, sub care se cască o prăpastie adâncă. O străbateți la fel de ușor de la un capăt la celălalt? În ce constă diferența? Cum se face că de data asta ne comportăm cu totul altfel?

Faptul că suntem conștienți de adâncimea prăpastiei ne face să ne gândim că ar fi posibil să cădem de pe scândură. Un aspect care ne lasă indiferenți atât timp cât scândura se află pe pământ. Acest gând, că ne putem prăbuși în gol, capătă de îndată dimensiuni colosale în mintea noastră. Imaginea creată în acest fel devine tot mai amenințătoare. Chiar dacă încă ați avea intenția să traversați distanța dintre cele două stânci mergând pe scândură, ideea pericolului imens care vă pândește vă va împiedica să o faceți, în mod normal. Convingerea – dar și o imagine covârșitoare – s-a dovedit mai puternică decât voința. Orice sugestie funcționează în virtutea puterii imaginilor pe care le poate face să apară în minte. Cu cât o imagine se înfățișează mai viu în fața privirilor, cu atât dispune de mai multă forță de sugestie. Spre explicarea fenomenului:

EXPERIMENTUL PROSPEȚIMII

Vă rog să citiți:

1. Vă simțiți proaspăt.
2. În timp ce citiți aceste rânduri, respirați regulat și liniștit. Cu fiecare respirație, simțiți cum vă încărcați cu o nouă energie. Vă simțiți minunat. Cu fiecare nouă literă citită, energia proaspătă se răspândește plăcut în tot organismul – din cap și până în vârful picioarelor.

De ce a doua afirmație are efect atât de puternic față de prima? Deoarece în formularea lor am ținut seama de două lucruri: mai întâi, am plăsmuit acele imagini, apoi le-am plasat exact acolo unde să fie întâlnite, în cursul lecturii acestor rânduri. Sugestia pe tiparul cauză-efect este una dintre cele mai puternice. Ea funcționează și în multe alte domenii: plouă, prin urmare sunt prost dispus. Când partenerul se poartă într-un anume fel, îmi ies din sărite. Când stau pe bancheta din spate în mașină, mi se face rău. Puteți continua lista cu propriile dumneavoastră legături tipice de acest gen. De la sine înțeles, ele acționează și în alte direcții:

- După ce merg la medic, în scurt timp mă simt din nou mai bine.
- Când vine copilul alergând și îmi spune că s-a lovit, îl mângâi cu blândețe pe creștet și îl asigur: „Dacă îți pun mâna așa pe cap, îți trece imediat."

În măsură mai mare sau mai mică, acest gen de corelații ne domină permanent. Funcție de cât suntem de încordați și de imaginea care apare, se poate ajunge până la punctul în care au efect mai puternic decât voința proprie. Chiar dacă vă puneți în minte să nu salivați, de îndată ce vă concentrați suficient de intens asupra unei mușcături dintr-o lămâie proaspătă, începeți involuntar să secretați salivă. Indiferent că vreți sau nu. Un alt exemplu convingător vine din domeniul sexualității. În cazul bărbaților, se petrec reacții fizice palpabile, de îndată ce în fantezia lor au început să apară imagini suficient de pregnante. Așadar ceea ce gândim nu poate fi indiferent. Ne putem învenina și avânta cu gânduri. Forțele eliberate în acest context fac parte fără îndoială din domeniul autosugestiei. Trebuie să vă străduiți în continuare pentru atingerea țelului, dar este ca și cum ați avea mereu vânt favorabil, care să vă poarte mai departe. Când în înfruntarea cu puterea convingerii voința personală se dovedește uneori mai slabă, înseamnă limpede că, deși dispuneți de voința de a vă atinge țelul, trebuie și să credeți cu adevărat că succesul este posibil.

După doi ani și jumătate de studii universitare, doream să-mi obțin diploma intermediară de traducător și interpret. Acest examen presupune, printre altele, patru texte traduse: unul în engleză, al doilea în franceză și încă două din limba străină în germană. La examen nu erau permise dicționarele sau manualele de gramatică. De-a lungul ultimului semestru dinaintea examenului, traducerile mele fuseseră la un nivel decent. Nu excepționale, dar nici proaste. Îmi făceau probleme doar textele germane pe care trebuia să le traduc în franceză. Ceva nu mergea. NU am reușit să ajung la un nivel care să mă mulțumească. În ultimul test dinaintea examenului am obținut cel mai prost rezultat de traducere dintre toți candidații, cu doar patru săptămâni înaintea zilei hotărâtoare. Însă aveam atât voința fermă să trec examenul, cât și încrederea nezdruncinată că sunt capabil să o fac.

Prin urmare, după testul ratat m-am dus la profesoara mea, o franțuzoaică extrem de inteligentă și de binevoitoare, ca să mă sfătuiesc cu ea. Mi-a spus imediat că examenul meu de absolvire este pe muchie de cuțit, dar că este dispusă să mă ajute, dacă eram dispus să încerc. Eram distrus. Soția mea își aduce aminte și acum de seara în care am fost gata să renunț la tot. Tot ea este cea care a reușit să-mi redea încrederea și m-a lămurit că puteam lua examenul, chiar dacă timpul de pregătire era atât de scurt, condiția fiind să fiu dispus să muncesc pe brânci.

Prin urmare, m-am dus la universitate și în vacanță, unde îi duceam profesoarei mele câte două traduceri pe săptămână, cu regularitate. Ea le corecta acasă și îmi transmitea noua versiune împreună cu comentariile ei prin poștă. Evident că nu mă pot plânge că nu aș fi beneficiat de suficientă susținere din partea universității mele germane.

Acasă atârnasem peste tot citate care să mă motiveze, peste tot zăceau ziare și reviste străine, iar preocuparea mea de bază era traducerea de noi și noi texte. În fiecare dimineață, înainte să mă apuc de învățat, făceam vreme de 45 de minute exercițiile mele de qi-gong. În timpul acestor sesiuni de meditație îmi închipuiam cele mai convenabile scenarii, spre exemplu că examenul se va desfășura fără probleme, că voi merge să văd rezultatele afișate și voi constata că îl trecusem cu brio. În gândurile mele, mă vedeam în plin examen, traducând. Restul zilei mi-l petreceam tocind. Seara intram în bucătărie, ca să-mi pregătesc o delicatesă, drept răsplată.

Probele mele de traducere deveneau din ce în ce mai bune și în cele din urmă am trecut examenul de diplomă intermediară cu un rezultat onorabil. Dacă nu aș fi urmărit decât să-l iau, cu siguranță m-aș fi împotmolit. La fel, dacă mi-aș fi imaginat doar că-l trec, nu aș fi reușit. Însă prin imaginile pe care mi le trezeam în minte reușeam să pornesc în forță în fiecare dimineață. Nu am lăsat să se strecoare în mine nici cea mai mică îndoială că nu aveam să reușesc. Nu m-am lăsat convins de nimeni și de nimic că nu voi trece hopul. Lucrul cel mai important a fost că am avut puterea să îmi ridic nivelul cunoștințelor la standardul maxim posibil în acea perioadă atât de scurtă. Simpla gândire pozitivă nu ajută la nimic, dacă nu este acompaniată de acțiune concretă. Activarea unor imagini adecvate pentru atingerea în timp util a unui țel ajută enorm. Orice idee, odată ce prinde formă, are tendința să se realizeze și să fie urmată de fapte. Imaginile intense au darul să înlăture îndoielile din calea lor. Gândiți-vă din nou că energia intervine în locul spre care v-ați îndreptat atenția. Dacă vă gândiți la eșec, dați totul peste cap și goliți de energie imaginea succesului. Astfel, autosugestia își pierde eficiența sau – și mai grav – atrage ratarea. Și nu e bine deloc nici să vă mutați gândurile între imagini pozitive și negative, pentru că sigur nu veți ajunge departe.

Cum lumea este exact ceea ce ne așteptăm să fie, veți găsi o dovadă corespunzătoare fiecărui gând și fiecărei proiecții proprii. Gândiți-vă la exemplul cameristelor care au pierdut din greutate doar pe baza unei simple presupuneri și la elevii cotați mai slab după ce profesorii lor au primit informații despre ei. În asta constă puterea sugestiei. Cum doar dumneavoastră sunteți răspunzători de gândurile proprii, dețineți întreaga putere, dar asta nu înseamnă că trebuie să vă considerați superiori altora, din punct de vedere mintal, pentru că ea este împărțită în mod drept. Dacă nu ar intra în joc influențările, seara am putea urmări programele de televiziune fără întreruperi publicitare, iar la radio s-ar difuza poate din nou mult mai multă muzică de calitate, nu numai masa anostă menită doar să facă legătura dintre blocurile publicitare. Imaginile pe care ni le sugerează, absolut intenționat, au efect direct asupra celor ce se petrec în noi. Și fiecare detaliu are însemnătatea lui.

Iată două exemple de asemenea imagini reușite, convingătoare:

- În cadrul unui studiu întreprins de producătorul de conserve din carne Hormel, cu sediul la Austin, Minnesota, s-a testat puterea de convingere a logoului firmei. Prin simpla adăugare în imagine a unui fir de pătrunjel, persoanele testate au fost de părere că produsele au un gust mai proaspăt.
- Într-un alt studiu, producătorul de băuturi Seven Up a testat dacă există o legătură între culoarea ambalajului și modul în care este perceput gustul. Rezultatul: culoarea determină nota băuturii. Când în verdele de pe cutie s-a adăugat 15% galben suplimentar, subiecții au susținut, aproape la unison, că simt gust de limonadă.

EXPERIMENTUL LUI BARGH

1. pentru vreme înmormântare frumos
2. lui cămin de bătrâni mama îl vizita
3. pe el cutele respectă corecte

4. tu nu griji face
5. călătorește încet mai mereu
6. uituc eu pe vremuri fost
7. și cenușiu vechi costum
8. ridat măr acela era
9. autor laptop singuratic în față sa stătea

Nu, nu sunt replici ale lui Yoda din *Războiul stelelor,* ci o listă de cuvinte din propoziții diferite, adunate de mine aleatoriu, de pe laptop. Vă rog să dispuneți cuvintele într-o ordine logică.

Puteți crede sau nu, dar după ce ați făcut acest exercițiu vă veți mișca mai încet decât înainte de citirea listei! Încercați, vă rog. Știu, este foarte greu de crezut, dar fenomenul a fost studiat empiric și confirmat de un psiholog inteligent, John Bargh. La o privire mai atentă, veți băga de seamă că în înșiruirea de mai sus apar multe cuvinte pe care le legăm automat de îmbătrânire (cenușiu, ridat, uituc etc.). Ele ne determină subconștientul să se preocupe de tematica „efemerității" sau chiar numai de problema „mărginirilor". Drept urmare, în clipa următoare vă veți mișca mai lent decât înainte. Indiferent ce faceți sau ce făceați.

Bargh și colegii săi au denumit acest efect *primes,* prime impresii. Am auzit de ele prima oară din cartea lui Malcolm Gladwell, *Blink.* După cum demonstrează nenumărate experimente, limbajul poate influența reacțiile oamenilor, fără ca ei să-și dea seama. Astfel, Gladwell descrie un test prin care Bargh a vrut să stabilească dacă studenții pot fi influențați, fără să-și dea seama, să devină mai îngăduitori. Au fost stabilite două grupe care să fie supuse unui test lingvistic. Un grup a primit o listă de cuvinte care conținea concepte ca agresiv, nerăbdător, nepoliticos, deranjant etc., iar celălalt – din sfera semantică politicos, îndatoritor, prietenos și răbdător.

Pe niciuna dintre liste nu erau prezente atâtea „cuvinte-cheie", încât vreun student să poată pătrunde logica din spatele listei. Pentru reușita experimentului este cât se poate de important ca subiectul să nu observe că este supus primei impresii. După testare, fiecare student trebuia să predea un chestionar la conducătorul testului și să capete noi instrucțiuni. Însă Bargh a procedat în așa fel încât niciunul dintre ei nu a reușit să ajungă la conducătorul testului. De fiecare dată, acesta avea chipurile o discuție cu altcineva. Scopul experimentului era doar să evidențieze dacă studenții aflați sub impresia conceptelor pozitive reacționau mai politicos și erau dispuși să aștepte mai mult decât cei din grupa a doua. Exact așa s-a întâmplat.

Studenții aflați sub impresia cuvintelor negative au întrerupt cu toții conversația responsabilului de test, pentru a se face auziți, majoritatea după ce rezistaseră să aștepte nu mai mult de cinci minute. În schimb, 82% dintre studenții care primiseră lista de termeni politicoși nu l-au deranjat deloc pe conducătorul testului. După zece minute, testul a fost automat încheiat. Prin urmare, nu știm cât ar mai fi îndurat ei această probă de răbdare.

Un test asemănător a fost desfășurat la Universitatea din Amsterdam de psihologii olandezi Ap Dijksterhuis și Ad van Knippenberg. I-au rugat pe studenți să răspundă la întrebări delicate, inspirate din jocul „Trivial Pursuit". Însă, înainte de asta, i-au rugat pe jumătate dintre studenți să-și imagineze, vreme de cinci minute, că sunt profesori și să noteze semnificația pe care o dau ei acestei calități. Cealaltă jumătate a fost rugată să se transpună cinci minute în mintea unor huligani, să-și intre în rol și să-și noteze și ei ce le venea în minte.

După aceea grupul de huligani a dat răspunsuri corecte în proporție de 42,6%, cel al profesorilor în schimb a înregistrat un rezultat mai bun, de 55,6%. Considerabilă diferență! Studenții din ambele grupuri erau bine pregătiți, iar gradul de dificultate al întrebărilor a fost același. Dar, grație primei impresii, se aflau într-o stare de spirit total diferită. Identificarea cu rolul lor fusese hotărâtoare pentru felul cum au fost în măsură să răspundă la întrebări.

Într-o altă serie de teste, studenții de culoare s-au prezentat mai slab decât colegii lor albi, după ce avuseseră obligația să-și precizeze apartenența rasială, înainte de test. Este evident că există o mulțime de stimuli subtili care ne împing să facem sau să ne abținem de la ceva. Iar asta se reflectă în următoarele constatări: când pe fundal se aude muzică clasică, se comandă vinuri de trei ori mai scumpe decât pe muzică pop. Chelnerii care, când aduc nota, își ating clienții pe mână sau pe umăr primesc bacșiș mai mare. Înghețata în recipiente rotunde ne place mai mult decât cea în cutii pătrate.

Unii ar putea acum să obiecteze. Cum poate să fie adevărată afirmația „Toată puterea vine din afară", având în vedere că suntem evident extrem de influențați de ambianță? Să fim oare niște biete marionete? Nu. Deoarece ne putem îngriji să recunoaștem și să ținem seama de aceste aspecte în felul nostru de a gândi. Doar în acest fel putem fi persoane de acțiune. Să ne punem acum întrebarea cum îi putem determina pe alții să gândească într-un anume fel...

FORȚA SUGESTIEI DIN AFARĂ

Este chiar ocupația mea și am văzut de multe ori cât de puternic și de direct sunt în stare să acționeze forțele de sugestie, când sunt lansate cu siguranță de sine și fără nici cea mai vagă undă de îndoială. Spre exemplu, într-una dintre emisiunile sale, Uri Geller și-a stabilit drept scop să ajute cât mai multe persoane să se lase de fumat.

Mai întâi, i-a rugat pe toți oaspeții din studio să-și scoată pachetele de țigări din buzunar. Apoi a numărat până la trei, iar acum toți fumătorii din public urmau să-și arunce pachetele de țigări pe scenă: unu, doi, trei – sute de pachete au zburat spre scenă. În paralel, i-a rugat pe telespectatorii care urmăreau spectacolul de la ei de acasă să strângă țigările în pumn și să le arunce. Apoi Uri Geller s-a uitat cu toată seriozitatea și siguranța neclintită în camera de luat vederi și a pronunțat tare și clar: „Din acest moment nu mai fumați!" Asta a fost tot. Reacția: zeci de persoane din publicul aflat în sală și mii de telespectatori nu au mai fumat cu adevărat de atunci. Faptul a fost verificat mai târziu.

Cu o excepție: iluzionistul Vincent Raven, prezent și el și echipat cu un sac imens de gunoi, a adunat după emisiune toate pachetele de țigări de pe scenă și probabil mai consumă și acum din rezerva făcută. Ce concluzii putem trage de aici? În primul rând: sugestiile lui Uri Geller nu au avut efect asupra lui Vincent Raven. În al doilea rând: rostită cu forță și încredere în sine, o simplă solicitare se poate transforma în sugestie.

Magicianul britanic Derren Brown scrie în cartea sa *Tricks of the Mind* că, pe când era începător în domeniul hipnozei, făcea primele tentative împreună cu colegi de-ai săi de studii, apelând la sesiuni de inducție de câte 45 de minute. Inducții sunt numite textele prin care un mediu este adus în stare de transă, care ar putea începe astfel: „Te destinzi acum, iar respirația ta se desfășoară egal și liniștit. Încet, încet, pleoapele ți se îngreunează..." Cu siguranță că unii recunosc aceste propoziții din antrenamentul autogen. Într-o zi, un coleg l-a abordat pe Brown, deoarece auzise de incredibilele lui capacități de hipnotizator. Abia aștepta să-l vadă în acțiune pe marele maestru. Brown l-a măsurat câteva clipe cu maximă concentrare și, pe neașteptate, a rostit tăios: „Dormi!" Studentul a căzut imediat în transă!

Și eu am avut o experiență asemănătoare în vara lui 2005. Fusesem angajat pentru o petrecere privată, unde am prezentat un număr propriu de sugestie. Am rugat o tânără să urce alături de mine, pe scenă. Apoi i-am zis să se relaxeze și să închidă ochii. Apoi i-am cerut să nu se mai gândească la nimic și să urmărească doar vocea mea. În cele din urmă i-am zis: „Acum, când pocnesc din degete, te destinzi complet – ești total deconectată și nu te mai interesează nimic." Zis și făcut – doamna s-a prăbușit pe loc! Abia am reușit să o prind înainte de a se prăbuși pe podea, în stare de inconștiență. Nici mie nu mi-a venit să cred! De atunci, ori de câte ori repet acest experiment, rog persoana pe care am ales-o să ia loc pe un scaun.

Trebuie reținut că tentativele de sugestie au efect de intensitate diferită de la om la om. La unii, așa ca în exemplul dat, formula funcționează instantaneu, în timp ce alții nu sunt la fel de receptivi.

Penn și Teller sunt magicieni americani de înaltă clasă. Ei își zic „con artists", adică escroci. Scopul lor este să-i demaște pe cei care înșală publicul, amuzându-l în același timp prin dezvăluirea șarlataniilor la care recurg. O țintă preferată a atacurilor lui Penn și Teller sunt cei din grupul profesional al așa-zișilor vindecători prin credință. Emisiunea lor TV, care poartă un numele cât se poate de potrivit, *Bullshit*, în care dezvăluie sistematic culisele banale ale așa-numitelor fenomene inexplicabile, reușește să convingă publicul. Au intervievat oameni care declaraseră că fuseseră răpiți de OZN-uri, au conversat direct cu persoane „întoarse din morți" și au analizat în detaliu substanțele din care sunt alcătuite medicamentele miraculoase, ca să arate că sunt procedee menite să scoată bani de la naivi. Adică *bullshit*.

Ei au demonstrat cât de eficientă este puterea sugestiei asupra hotărârilor unor persoane normale, de pe stradă. Au cumpărat un inel ieftin din alamă, dintre cele folosite pentru atârnarea perdelelor. L-au arătat trecătorilor dintr-un pasaj comercial, undeva în America, întrebându-i dacă știu ce fel de obiect este. Aproape fără excepție l-au recunoscut, afirmând că este un inel pentru perdele. Apoi i-au întrebat pe aceiași oameni cât ar fi dispuși să plătească pentru a intra în posesia lui. Suma nu a trecut niciodată pragul de cinci dolari. După care cei doi au cumpărat un etui frumos, căptușit cu mătase, în care au așezat inelul, iar următorilor trecători le-au spus că este vorba despre un inel încărcat cu energie, capabil să îi dea celui care îl poartă o stare de bine. L-au pus în mâna celor care vorbeau, întrebându-i dacă nu simt ceva deosebit, ca o furnicătură sau o căldură plăcută, atunci când ating inelul. Și au primit confirmarea: majoritatea au declarat că au o senzație pozitivă.

Penn și Teller au mers apoi un pas mai departe: au construit un stand cu panouri și afișe în stil profesionist, și-au pus halate albe și s-au declarat oameni de știință care studiau efectul stimulant al acelui inel special. În cursul prezentării lor, aproape toți oameni care au venit în contact cu inelul au simțit de îndată un efect reconfortant. Cei mai mulți trecători s-au arătat dispuși să plătească cincizeci de dolari pentru același inel. Iată ce putere are sugestia! Un halat alb și încrederea pe care o transmitea siguranța de sine a celui care făcea oferta le-au indus trecătorilor o furnicătură în degete și pornirea de a scoate din buzunar mult mai mulți bani.

EXPERIMENTUL CĂNIȚEI CU LAPTE

Dacă vreți să încercați ceva asemănător, nu-i nevoie să ieșiți cu un inel de alamă într-un mall. Puteți la fel de bine cu următorul prilej când aveți invitați și le oferiți o ceașcă de cafea să încercați următorul experiment, cu un efect comparabil. Așadar, stați cu toții comod în jurul mesei, având în față câte o ceașcă de cafea proaspătă, cu miros îmbietor. Dar, înainte ca să apuce cineva să-și pună lapte în ceașcă, luați cănița, mirosiți și spuneți: „Vai, laptele s-a acrit, miroase a stricat..." Apoi lăsați-o din nou pe masă, scârbit. De acum, nimeni nu-și va turna lapte în cafea. Punem pariu? Câțiva dintre invitați se vor arăta chiar de acord, susținând și ei că laptele miroase acru. Dacă vreți, puteți merge mai departe, afirmând că lichidul a căpătat și o culoare ciudată, și mulți se vor grăbi să vă dea dreptate și de data asta, dacă veți fi suficient de convingător. Apoi mergeți la bucătărie, chipurile să puneți alt lapte, și aduceți de fapt același vas și același lapte la masă. Vă rog să aveți grijă ca laptele să fie cu adevărat proaspăt, când faceți acest test.

În vremea studenției, una dintre glumele mele preferate era să mă furișez în spatele câte unui coleg, la bibliotecă, și să-l ating pe gât cu un cub de gheață luat de la automatul de băuturi, strigând în același timp: „Frige!" Uneori, victimele mele se supărau cu adevărat și erau convinse că suferiseră o ușoară arsură. Așa se și explică probabil de ce am rămas cu atât de puțini prieteni din vremea studenției.

Dar ceea ce vreau să spun de fapt este că putem face să scadă capacitatea critică a unui om prin simpla afirmare a propriei păreri despre un lucru anume, uneori intenționat înșelătoare sau derutantă. În acest fel, îl privăm de puterea lui de judecată neutră. Partenerul de discuție are încredere în dumneavoastră – neexistând până atunci niciun motiv de a se îndoi – și crede, spre exemplu, că laptele a prins miros sau că un obiect rece poate să ardă. Aceste afirmații fac imposibilă luarea unei decizii imparțiale. Astfel puteți reuși să vă convingeți partenerii de discuție să își asume unghiul dumneavoastră de vedere asupra unor lucruri – folosindu-vă exclusiv de cuvinte. Ceea ce reprezintă sugestie din afară în forma cea mai pură.

După ce am discutat despre aceste aspecte, înțelegem limpede de ce o afirmație de genul „Asta n-o să reușești niciodată" poate să aibă o semnificație distructivă. Ca rezultat al cercetărilor sale, hipnotizatorul american Ormond McGill a stabilit patru reguli pentru o sugestie cu efect sigur.

REGULILE LUI ORMOND MCGILL

1. Gândurile interlocutorului trebuie să graviteze în jurul unei idei date: „Laptele miroase urât." Abia după ce ați afirmat că

laptele proaspăt ar avea miros ciudat această idee poate fi preluată de alții. Întreaga energie urmează acum ideea: pornind de la dumneavoastră, interlocutorul poate brusc să fie încercat de aceeași senzație. Înaintea lansării sugestiei, cu siguranță că nimeni nu se gândea că laptele ar putea avea un miros neplăcut. Prietenii au încredere oarbă în judecata dumneavoastră, conform devizei: odată ce s-a dat un verdict, trebuie să existe o justificare! În clipa în care puterea dumneavoastră este general acceptată și lansați o idee, gândurile prietenilor vor gravita imediat în jurul ei. Și este greu de crezut că vor mai putea da un verdict limpede și independent.

2. Pentru ca ideea lansată de dumneavoastră să graviteze în gândurile celorlalți, este foarte important să vă rostiți aprecierea cu o convingere absolută, fără nicio undă de îndoială. De îndată ce partenerul de discuție are cel mai mic dubiu, tentativa de sugestie se destramă imediat.

3. Sugestia dumneavoastră trebuie acceptată de cei din jur fără niciun comentariu. De mare însemnătate este alegerea cuvintelor potrivite. Sugestiile au efect grație argumentelor pe care le alegeți. Vom reveni curând la această temă.

4. Sugestiile trebuie să fie credibile. Faptul că laptele adus de dumneavoastră ar fi acru este cât se poate de plauzibil. Sugestiile nu trebuie însă niciodată să forțeze realitatea, ieșind din limitele ei! Dacă ați fi spus „Laptele miroase a vin roșu", ați fi mers prea departe și foarte puține persoane ar fi fost dispuse să o înghită. Cel mai bine funcționează acele sugestii a căror țintă îl interesează oricum și pe partenerul de discuție. O persoană care suferă de dureri nu-și dorește desigur nimic mai mult decât să scape de ele și va fi dispusă să

creadă orice îi promite o alinare. Dar nu ar avea sens să ne mulțumim să spunem: „Durerile vor dispărea imediat!" Mult mai bună este următoarea variantă: „Acum închideți ochii și vă destindeți tot mai profund. Și, în vreme ce vă relaxați, simțiți că durerea devine tot mai slabă – îndepărtându-se până va dispărea de tot. Dacă deschideți ochii, rămâneți în continuare relaxat și nimic nu vă va mai tulbura. Deschideți ochii și veți constata ce bine vă simțiți!" După cum s-a demonstrat, durerea se poate alina parțial în acest fel.

Soția mea, Christiane, este o maestră a sugestiei! În timp ce scriam aceste rânduri, mă aflam într-o casă splendidă din Toscana. Din păcate însă, doi dintre copiii noștri sufereau în acel concediu de otită și urmau tratament cu antibiotic. Pe fiica mea nu o deranja, în schimb fiul meu se împotrivea din răsputeri, gata să vomite. Dar exista un anume sirop de tuse care îi plăcea mult și Christiane l-a întrebat dacă nu ar vrea o linguriță din acel sirop, ceea ce el a acceptat pe loc. A luat lingurița bine știută de fiul nostru și a umplut-o cu antibiotic, iar el a înghițit totul fără să clipească, deși ar fi trebuit să simtă gustul schimbat. Fără obiecții și fără pic de greață. Așa funcționează arta sugestiei în viața de zi cu zi. Poate unii vor crede că povestea nu demonstrează decât că un copil a fost păcălit, spre binele lui. Așa este. În acest caz, este unul și același lucru.

LIMBAJUL CREEAZĂ REALITATE

„Limbajul este trupul gândirii", așa spunea Georg Wilhelm Friedrich Hegel, care îi atribuia funcția lui autentică: grație lui, putem intra în legătură cu ceilalți, îi putem impresiona sau răni, îi putem face să se iubească sau să se urască – toate astea devin posibile doar datorită limbajului. Nu există o zi în care să nu ne folosim de el. Limbajul este instrumentul secret de care mă folosesc în atâtea dintre experimentele prezentate de mine pe scenă. Este cel care îmi mijlocește plăsmuirea altor realități în fața spectatorilor, iar acelea sunt cele mai frumoase momente ale mele.

SĂ PRIVIM DE APROAPE CELE MAI DE SEAMĂ CUVINTE MAGICE

Pot să vă mărturisesc un secret? Ceea ce veți învăța în acest capitol urmează să vă neliniștească. Dacă sunteți foarte sensibil sau aveți rețineri morale față de manipulare, trebuie neapărat să săriți peste paginile care urmează. Însă, din câte știu eu, în Germania nu există nicio altă carte în afară de cea pe care o citiți acum din care să aflați cele mai negre aplicații ale psihologiei manipulative. Dacă veți continua să îmi parcurgeți însemnările, înseamnă că am avut succes cu prima mea tehnică de control verbal: și anume invocarea fricii. Reprezintă o tehnică de atragere a atenției foarte rar folosită, dar extrem de eficientă. De aceea îmi încep programele de seară spunând: „Ceea ce veți vedea acum îi va neliniști peste măsură pe unii dintre voi, dar tot am să vă arăt." Din acel moment, mi-am asigurat atenția publicului meu.

Prin urmare, puteți recurge la această tehnică ori de câte ori vreți ca interlocutorul să vă acorde întreaga atenție. Să presupunem că un nou partener de afaceri vă întreabă ce hobby aveți și dacă vreți să beneficiați de întreaga lui atenție când răspundeți, este suficient să-i spuneți: „Vreți cu adevărat să cunoașteți răspunsul? Pe mulți îi trece un fior când le povestesc ce fac eu în timpul meu liber... Vă rog să veniți puțin mai aproape, nu vreau să se audă în jur." Puteți fi sigur că interlocutorul va renunța la orice alt lucru ca să vă urmărească expunerea.

Am numit deja și cea de-a doua tehnică încercată: dezvăluirea unui secret. Dacă vreți cu adevărat ca o persoană să vă urmărească, spuneți-i pe ton coborât: „Vă mărturisesc un secret." Vă va asculta ochi și urechi, pentru că nimic nu este mai atrăgător decât un secret. Desigur, puteți folosi și o altă introducere: „În mod normal, nu vorbesc despre asta, însă..." sau: „Trebuie să-mi promiteți că nu veți mai povesti și altcuiva" sau: „Vă rog să țineți pentru dumneavoastră..." Vă mai amintiți de replica partenerului meu de afaceri, de la pagina 19? Când m-a întrebat discret „Aș putea să vă adresez o întrebare foarte personală?", era convins că se află în centrul atenției întregii adunări. După acest preambul, ar fi bine să vă uitați conspirativ în jur, să vă aplecați către interlocutor și să continuați să vorbiți mai încet decât înainte, deoarece secretele nu se spun niciodată în gura mare.

Robert Cialdini descrie în cartea lui intitulată *Psihologia persuasiunii* cum a reușit chelnerul Vincent din Statele Unite să-și sporească masiv bacșișurile primite grație unei asemenea tehnici. În America, chelnerii se străduiesc în mod normal să vândă meniuri cât mai scumpe, deoarece nu sunt plătiți de restaurant, ci primesc un procentaj din totalul notei de plată, drept salariu.

Dar Vincent nu urmărea să le vâre pur și simplu pe gât clienților săi cele mai scumpe meniuri, ci proceda mult mai subtil și mai eficient: când primea comanda, se apleca puțin în față și spunea: „Să vă dezvălui ceva: mi-e teamă că felul de mâncare pe care vi l-ați ales nu este astăzi la fel de bun ca de obicei. Vă sugerez în schimb X ori Y." Prețul mâncărurilor propuse de el era ceva mai convenabil decât al celor inițiale – ca dovadă că Vincent acționa împotriva propriului interes și în cel al clientelei. Și astfel își câștiga încrederea lor și un bacșiș mai consistent. Pe deasupra, avea mână liberă să recomande ce-i trecea prin minte – vinul cel mai potrivit și desertul cel mai delicios! Chiar dacă oamenii nici nu se gândeau să mai comande desert sau vin, fără propunerea lui.

Prin urmare, când vreți să obțineți ceva, v-ar fi de mare ajutor ca înainte să începeți demersurile să-i faceți personajului-cheie un mic favor. Și tot așa se întâmplă când promiteți un secret. De acum știți cum funcționează, dar vă rog să păstrați numai pentru dumneavoastră...

MĂRUNTUL CUVÂNT „SAU"

Fără îndoială îl subapreciem pe „sau", acest cuvânt aparent neînsemnat. Însă un atelier auto a reușit, cu ajutorul acestei conjuncții, să-și dubleze vânzările de ștergătoare de parbriz. „Cum?", vă veți întreba. Foarte simplu: când era adus un automobil pentru inspecția normală, angajații întrebau: „Doriți să facem doar inspecția sau să vă montăm și ștergătoare de parbriz noi?" O întrebare bine pusă și un număr mult mai mare de ștergătoare vândute. În acest fel obținem o formulă eficientă: „Doar...? Sau și...?" Ea și-a câștigat curând noi susținători. Auzim de peste tot: „Doriți numai cartofi prăjiți sau ați prefera și maioneză și ketchup?" – „Vreți doar plinul sau și să beți o cafea?" – „Vreți doar să susțin această prelegere sau să organizez și un workshop pentru stafful dumneavoastră?" – „Doriți să cumpărați doar mașina cu telecomandă pentru fiul dumneavoastră sau și bateriile cu care funcționează?" – Se vede limpede: aceste trei cuvinte se pot utiliza cu cele mai diverse prilejuri.

Dar „sau" poate cu mult mai mult: imaginați-vă că aveți invitați. Seara se desfășoară minunat și lumea rămâne până târziu. Știți că dimineață trebuie să fiți în formă, pentru că vă așteaptă o zi obositoare. Oamenii au mâncat și au băut câteva pahare de vin, dar nu dau semne că ar vrea să plece. Ați putea desigur să le spuneți că a doua zi aveți întâlniri importante, dar se poate discuta mult mai elegant și mai subtil: „Mai doriți un pahar de vin sau...?" Modul în care accentuați cuvintele este decisiv! Ca la oricare întrebare, tonul vocii se ridică la capătul propoziției. Cuvântul-minune „sau" urcă astfel la o înălțime egală cu „vin". În mod normal, musafirii vor refuza propunerea și curând vor pleca.

Când adăugați „sau" la finalul unei întrebări, răspunsul primit este aproape fără excepție negativ. Dacă vă gândiți cât de la îndemână este să transformi o propunere într-o întrebare, vă veți da seama imediat cât de prețioasă se poate dovedi această tehnică: „Vrei să rămâi acasă astăzi sau...?" – „Vrei să mănânci ultima bucată de ciocolată sau...?" Fiți totuși precauți – fiica mea, spre exemplu, nu s-ar lăsa niciodată păcălită! „Te superi dacă astăzi vin ceva mai târziu sau...?"

Interlocutorul aude propoziția „Mai vrei o bucată de ciocolată sau...?" și o completează inevitabil în gând „... nu!" Monologul lui interior l-a îndreptat imediat să refuze. E stresant să gândim „nu" și să spunem „da", prin urmare vom spune mai degrabă nu. Vă puteți crește și mai mult șansele de succes dacă, în timp ce rostiți cuvintele, clătinați ușor din cap. Funcționează și invers: dacă v-ați dori ca răspunsul să fie da, dați din cap în semn de încuviințare când puneți întrebarea. Dacă interlocutorul este atent și intră în rezonanță, va da și el imperceptibil din cap. Este foarte dificil să încuviințezi din cap și să spui nu, în același timp. După cum știți, corpul ne influențează gândurile.

JUSTIFICARE CU „PENTRU CĂ“ ȘI „CĂCI“

Când explicați interlocutorului o acțiune oarecare, aveți mai mari șanse să primiți asentimentul lui decât dacă îl lăsați să găsească singur justificarea. Să presupunem că sunteți teribil de presat de timp, fiind la aeroport, în fața ghișeului check-in. În fața dumneavoastră mai sunt patru familii mari, cu câte șase valize enorme. Dumneavoastră aveți doar bagaj de mână, zborul este programat în treizeci de minute și ați întârziat din cauză că, venind spre aeroport, ați fost prins în trafic. Imaginați-vă că mergeți la prima persoană aflată la coadă și o întrebați: „Ați fi așa de bun să mă lăsați înaintea dumneavoastră?“ Care ar fi șansele de succes? Poate aveți noroc și dați peste cineva suficient de înțelegător, dar nu trebuie să vă bazați pe asta. Șansele cresc substanțial dacă justificați de ce ar trebui să vi se facă un așa mare serviciu. Astfel, ar fi mult mai bine să spuneți: „V-aș ruga să mă lăsați înaintea dumneavoastră, pentru că am fost blocat în trafic și am întârziat foarte mult. Zborul meu este peste treizeci de minute.“ Dacă mai și lăsați să se vadă că aveți doar un bagaj de mână – adică sugerați că check-in-ul va dura extrem de puțin –, aveți mult mai mari șanse de succes.

În clipa când justificați ceva, îi blocați interlocutorului posibilitatea de a face speculații greșite asupra motivației dumneavoastră. Vă mai amintiți de importanța pe care o au așteptările și experiențele personale, despre care vorbeam în primul capitol? Așteptările ne determină imaginea asupra lumii. Din păcate, nu cunoaștem și experiențele celorlalți. Așadar, de unde să știe cei de la coadă că nu sunteți genul care dă din coate să se bage în față, ci aveți toate motivele să le adresați acea solicitare? Oamenii au pornirea să facă speculații, căutând rațiuni pentru tot ce se petrece în jur. Pentru a evita ca ele să ia o direcție greșită, este mai bine să declarați singur adevăratele motive.

INSTRUCȚIUNI LEGATE ÎNTRE ELE

În urma unei cercetări și a analizării datelor obținute, s-a alcătuit o listă a celor mai importante zece temeri care îl frământă pe om. Pe locul al doilea: moartea. Nu este nicio greșeală, chiar așa stau lucrurile: moartea se află cu adevărat pe locul al doilea. Dar ce poate fi pentru noi mai rău decât moartea? Iată ce se află în fruntea clasamentului: să fii silit să te pui în fața unui grup de persoane și să ții o cuvântare. De asta se teme cel mai mult omul! Comicul american Jerry Seinfeld a tras de aici concluzia corectă: „Asta înseamnă că, la o înmormântare, omul preferă să se afle în coșciug decât să iasă în frunte și să țină discursul funerar..."

Pe baza acestei constatări, vă puteți imagina că de cele mai multe ori nu este ușor să convingi pe cineva să urce pe scenă și să participe la un experiment. Dacă m-aș mulțumi să spun șovăielnic „Sunteți așa de bun să veniți lângă mine?", aș fi obligat să caut îndelung până când s-ar găsi un spectator amabil care să accepte. Omul este înclinat să nu dea curs unor asemenea invitații. Eu nu am aproape niciodată probleme să-mi motivez spectatorii să intre în joc, deoarece mă bazez pe o tactică verificată: leg între ele indicațiile. În loc să spun „Vă rog să ieșiți în față!", zic: „Vă rog să vă ridicați în picioare și veniți în față!" Sesizați diferența? De îndată ce combin comenzile între ele, sunt ambele ascultate, deși fiecare luată în parte ar rămâne probabil ignorată.

Sunt conectate între ele de cuvântul „și". Prin urmare, totul este foarte simplu: dați o indicație și o legați prin conjuncția „și" de cea de-a doua. Potrivit formulei: instrucțiune – și – instrucțiune. În acest fel, destinatarul primește mai multe informații pe care trebuie să le prelucreze. Să respingi o instrucțiune este mai simplu decât să respingi două la rând. Interlocutorul nu știe pe care rugăminte să o desființeze prima și de aceea este posibil să le urmeze pe amândouă! Partea frumoasă este că nici măcar nu a băgat de seamă că l-ați influențat. Tactica este valabilă în cele mai diverse situații de zi cu zi:

- „Du-te și fă-ți ordine în cameră!"
- „Uită-te în ochii mei și spune ceva!"
- „Vino aici și sărută-mă!"
- „Scrieți raportul și apoi trimiteți-mi-l prin e-mail!"
- „Dați-ne un telefon și întrebați-ne!"
- „Puneți mâna pe telefon și sunați-ne!"

După cum vedeți, formula este ușor de folosit – și cât se poate de elastică. Bineînțeles, în acest fel nu faceți pe nimeni dependent de voința dumneavoastră. Suficient ca una dintre comenzi să nu fie deloc acceptabilă pentru destinatar și nu o va îndeplini nici pe următoarea. Eu exersez în continuare fraza: „Du-te și fă-ți ordine în cameră!" În altă ordine de idei, puteți contribui la creșterea șanselor de reușită dacă rostiți textul sigur și autoritar. Fiți plin de încredere și priviți persoana drept în ochi. Surprinzător de des această tehnică are succes.

Ce cuvinte auziți cel mai des de-a lungul vieții, dragii mei cititori? Ce părere aveți? Pe lângă „nu" și „și", putem spera să ne auzim cât mai des numele. Ceea ce ne face mare plăcere. Fiind conștienți de acest fapt, ar trebui să ne străduim de acum înainte să le spunem cât mai des oamenilor pe nume. Rüdiger Nehberg, cunoscut și ca Sir Vival, descrie în una dintre cărțile lui cum ar trebui să ne purtăm în cazuri extreme, spre exemplu sub tortură sau interogatoriu. Unul dintre primele sfaturi sună astfel: „Încercați să aflați cum îl cheamă pe cel din fața dumneavoastră și rostiți-i numele când îi vorbiți." Eu nu m-am aflat, din fericire, într-o astfel de situație dezagreabilă și nu am habar dacă un călău se prezintă înainte de a se pune pe treabă. Deși am înghițit pe nerăsuflate cărțile lui Nehberg în adolescență, mă mai îndoiesc și astăzi de acest sfat. Dar, în esență, este foarte important să întrebați numele persoanei cu care aveți de-a face și nu ocoliți să îl folosiți! Oamenilor le face deosebită plăcere să-și audă numele. Profitați de acest fapt. Cei din jur se vor arăta mai deschiși față de propunerile dumneavoastră, dacă le sunt adresate personal.

- „Gudrun, ai putea să-mi dai o mână de ajutor?"
- „Mi-a făcut plăcere să facem cunoștință, Christiane!"
- „Marlena, mă suni diseară?"
- „Sunt sigură că vii la petrecerea mea de aniversare, Manfred."

În orice caz, efectul e diferit dacă numele este plasat la începutul sau la sfârșitul propoziției. Rostit la început, suntem siguri că profităm de toată atenția interlocutorului. Pus la sfârșitul propoziției, o accentuare prost plasată poate sugera o familiaritate prea intensă, ceea ce-i poate lăsa interlocutorului ușor impresia că este tratat de sus: „Oare m-ai ascultat cu atenție, Matty?" Prin urmare, feriți-vă de prea multă vigoare pusă pe final – produce prea ușor o falsă impresie!

Nu este nici pe departe atât de greu să memorăm numele pe cât am crede. Dacă vă considerați un caz incorigibil, apelați la mnemotehnică, ale cărei secrete le-ați putea descoperi în bibliografia bogată din acest domeniu.

Cel mai prețios sfat în acest context vi-l pot oferi însă chiar acum: propuneți-vă să rețineți numele noilor cunoștințe din prima clipă. Asta ar fi totul. Concentrați-vă când faceți cunoștință și impuneți-vă să țineți bine minte acel nume. Veți constata că, dacă în acel moment sunteți sută la sută atent și îl repetați în gând, aproape sigur îl veți reține. Această tactică simplă vă poate asigura succesul. Un alt mijloc eficient de a reține prenumele: alăturați persoanei pe care tocmai ați întâlnit-o o altă cunoștință, care poartă același nume. Prin urmare, cu ajutorul unor mici trucuri, nu-i deloc așa de greu să-ți amintești numele noilor contacte.

Dacă vorbim despre „cunoștințe", îmi vine în minte o poveste foarte frumoasă. Un magician american era renumit pentru memoria lui ieșită din comun. Fiecare nouă cunoștință primea de la el la sfârșitul anului o felicitare de Crăciun, conținând cele mai bune urări și câteva rânduri cât se poate de personale. În ele era mereu vorba despre discuția avută când făcuseră cunoștință. Numele membrilor de familie amintiți în treacăt, împrejurările și locul unde se petrecuse evenimentul și despre ce mai discutaseră – toate erau la îndemâna artistului. Părea de necrezut că își amintea fiecare detaliu și era în stare să le atribuie persoanei cuvenite. Toți rămâneau impresionați, iar asta avea desigur darul să creeze o imagine și mai bună misteriosului vrăjitor. Avea cu adevărat o memorie infailibilă? Nici vorbă, mai degrabă recurgea la un truc foarte eficient: chiar în aceeași seară compunea cărți poștale de felicitare pentru noile cunoștințe, pe care le expedia abia de Crăciun. Nemaipomenit!

CUVÂNTUL „NU“

„Consider că nu trebuie să citiți în continuare. Ceea ce urmează nu mai este interesant, în ce vă privește." Printr-o asemenea invitație obțin efectul contrar și vă stârnesc și mai mult curiozitatea față de ce vă așteaptă. Sau nu? Această tehnică este strâns înrudită cu cea invocată la începutul acestui capitol, menită să stârnească teamă. De data asta însă fac apel nu la teamă, ci la curiozitatea fiecăruia.

Cuvântul „nu" este un noncuvânt. Dacă vă rog să nu faceți ceva, evoc prin cererea mea tocmai imaginea pe care aș vrea să o ocolesc. Prin urmare, cuvântul „nu" este ceva necunoscut în subconștientul nostru! Adică în momentul când citiți rugămintea „nu trebuie să citiți în continuare" subconștientul șterge pe loc cuvântul „nu", iar dumneavoastră citiți firește mai departe, încă și mai dornic să aflați totul. Gândiți, instinctiv „citiți în continuare" și în acest fel reformulați comunicarea spre folosul personal.

Imaginați-vă următoarea scenă: vă aflați într-un restaurant. Masa vecină a fost ocupată de o familie cu doi copii mici. Unul dintre ei ține în mână un pahar plin cu limonadă. Tatăl îi spune serios și hotărât: „Ai grijă să nu-ți cadă paharul!“ Ce se va întâmpla cu siguranță în următoarele minute? Exact: paharul va cădea. Există nenumărate alte exemple:

- „Nu trebuie să te temi!“ Ce se întâmplă? Teama se instalează, poate și mai intens.
- Și mai limpede, dacă vorbim despre un consult la doctor: „Nu te teme, nu o să te doară!“ Așteptăm încordați fiorul de durere.
- Și asta ne face întotdeauna plăcere să auzim: „Nu m-am supărat.“ Desigur!

Toate aceste mesaje oribile le puteți rosti fie conștient, ca să chinuiți pe cineva, fie le puteți reformula, în același timp ameliorând și situația. Evitați negația „nu“, pe care eu tocmai am folosit-o aici. Mai simplu ar fi fost să scriu: „Nu spuneți «nu».“ Adică, dacă ne întoarcem la exemplele date, ele ar suna astfel:

- „Poți să stai absolut liniștit.“
- „Păstrează-ți calmul, după tratament o să-ți fie mai bine.“
- „Totul este în ordine.“

Vedeți diferența? Mult mai rațional decât să dai ordine directe. Ordinele directe subliniază doar rezultatul pe care vi-l doriți. Prin urmare, dragi părinți, replica din restaurant ar fi trebuit formulată astfel: „Te rog să bei cu atenție.“

Dar nu ne oprim aici, mai există un alt truc inteligent legat de acest mic cuvânt care spune atât de mult. Vă puteți folosi de el intenționat pentru a sădi în mintea interlocutorului un gând anume! Evitați conștient să vă exprimați pozitiv, pentru a-i îndrepta cu bună știință gândul într-o altă direcție. Formula sună astfel: „Nu face XY decât dacă vrei Z." Iată câteva exemple:

- „Nu cumpărați acest DVD-player decât dacă vi-l doriți pe cel cu cea mai bună calitate a imaginii."
- „Nu citiți această carte decât dacă vreți să treceți foarte ușor la examen."
- „Nu trebuie să puneți masa decât dacă vreți să-i faceți o mare plăcere mamei."

După prima parte a frazei, interlocutorul se va simți pe teren nesigur. Va deveni curios și va aștepta partea a doua, în care va apărea în sfârșit soluția pe care o preferați.

Cunoașteți persoane care în principiu resping orice? Indiferent ce ați spune, asemenea persoane se lansează într-o controversă și țin să vă explice de ce este greșit ceea ce spuneți. Le recunoașteți după formulele de deschidere de genul: „Da, însă..." ori „Așa crezi tu?" Indiferent ce ați propune, acești oameni nu vor fi de acord. Dar, dacă țineți seama de asta, puteți profita de situație. Vă expuneți ideile, integrând de la bun început în ele o negație. În acest fel obțineți, pe ocolite, tocmai rezultatul urmărit. Câteva exemple:

- „Sigur nu vrei să mergi diseară la cinematograf."
- „Propunerea asta sunt sigur că nu ți-a plăcut."
- „Sigur nu vrei să ieși diseară în oraș."
- „Poate că nu sunt eu omul potrivit pentru treaba asta."

Vedeți cât este de simplu construită această tehnică? Iar cu ajutorul lui „nu" puteți exercita un control verbal extrem de puternic. Nu o faceți – decât dacă vreți să vă susțineți mai solid interesele.

Până aici ne-am ocupat mai ales de tehnici și de cuvinte pe care le puteți folosi conștient. Pentru a influența cu succes o persoană există însă și unele cuvinte pe care ar fi bine să le evitați. Există studii asupra limbajului oamenilor puternici și de succes. În acest fel s-au putut stabili unele modele de limbaj din care rezultă cât se poate de limpede că anumite cuvinte nu au fost practic folosite niciodată de aceste persoane.

EXPRESIA „DE FAPT"

Această expresie o puteți înlătura definitiv din vocabular, fără să o înlocuiți cu nimic. Nu are nicio trăsătură pozitivă. Vedeți exemplele de mai jos și judecați singur:

- „De fapt ți-am mărturisit întotdeauna adevărul."
- „De fapt te iubesc."
- „De fapt este o ofertă minunată."
- „De fapt eu sunt persoana potrivită pentru munca asta."

Ce dezvăluie aceste propoziții? De fiecare dată rămânem cu sentimentul amar că „de fapt" uită mereu o portiță deschisă. Deosebit de neplăcut este că partenerul de discuție își dă seama de această cale de scăpare și, la limită, poate deveni neîncrezător. Poate simți că ceva nu este tocmai așa cum susțineți. Eliminați această expresie din repertoriu! Și nu o înlocuiți cu nimic altceva!

CUVÂNTUL „POATE“

- „Poate vin cu voi la cinematograf.“
- „Poate am să mă încadrez cu livrarea în termenul stabilit.“

„Poate“ exprimă doar nesiguranță! Reprezintă celebra cale de scăpare. Arată că, în realitate, nu doriți să faceți ceea ce vi se propune. Dar cine nu ar prefera să fie alături de oameni hotărâți, acasă și la serviciu? E preferabil să spuneți așa:

- „Dacă plec la timp de la birou, reușesc să ajung și la cinematograf. Oricum, te sun.“
- „În clipa de față trebuie să mă ocup de foarte multe trimiteri și fac tot ce-mi stă în putință să vă livrez și dumneavoastră la data promisă.“

CUVÂNTUL „DEȘI“

„Mâncarea este gustoasă, deși nu aș vrea să mai să o mai gătești.“ Citez cuvintele fratelui meu. Așa îi spunea mamei când era mic – evident, dorind să nu o supere. Ce face cuvântul „deși“? Șterge comunicarea de dinaintea lui și o subliniază pe cea care urmează după el! Ce rămâne din fraza menționată? În esență, că mama ar face bine să nu mai gătească acea mâncare. Puteți desigur să folosiți acest efect al lui „deși“. În orice caz, dacă nu vreți să evaluați o afirmație, atunci fie lăsați total deoparte cea de-a doua parte a frazei, fie înlocuiți „deși“ cu „și“. În acest fel, scădeți automat doza de contradicție, la care „deși“ pur și simplu invită. Oribilă în mod special este varianta „da, deși", care în fapt echivalează cu „nu".

- „Prezentarea a fost de înaltă clasă." – „Da, deși cea din urmă mi-a plăcut mai mult."

Fiecare „da, deși" include totuși și cuvântul „da". Și tocmai asupra acestui aspect trebuie să vă concentrați în conversația care urmează. Asta înseamnă că trebuie să procedați pur și simplu ca și cum partenerul de discuție ar fi spus doar „da". Pe „deși" îl ignorați de-a dreptul. Referitor la exemplul dat, înseamnă că spuneți doar că prezentarea v-a plăcut foarte mult. De cele mai multe ori, partenerul nu va băga de seamă felul în care conduceți discuția. Să fie această metodă mereu cea corectă? Cu siguranță nu, dar de cele mai multe ori funcționează. Presupunând că interlocutorul considera că prezentarea a fost proastă și nu dorea decât să fie politicos, nu aveți cum să-l atrageți de partea dumneavoastră cu această formulă. Dacă prezentarea i-a plăcut, și partea a doua și mai mult, înseamnă că ați ocolit minunat această capcană verbală și puteți dezbate tema în continuare.

FORMULA „TREBUIE SĂ VĂ SPUN SINCER..."

Oare altfel nu sunteți sută la sută sincer? Așa lăsați să se înțeleagă, odată ce simțiți nevoia să vă evidențiați sinceritatea atât de apăsat. Remarca aruncă un aer negativ, deși menirea ei ar fi să aibă efect contrar. Iată exemplul meu preferat în acest domeniu: unui participant la emisiunea „Germania caută superstarul" se pune o întrebare. Răspunsul: „Foarte sincer (pauză lungă), mnu."

IMPERSONALUL

Când discursul este impersonal, nimeni nu se simte vizat. Când îmi spune soția mea: „Gazonul ar trebui tuns", de regulă îi răspund: „Nu am nimic împotrivă." Cine se ascunde în spatele formelor verbale impersonale? Nimeni! Nimeni nu se gândește la sine când se vorbește într-o ședință despre „ce mai trebuie să se facă". La fel cum nu se simte nimeni vizat când cineva afirmă că „există multe realizări". Lauda țintește în gol.

Impersonalul nu implică pe nimeni, iar asta îl lipsește de orice putere. Politicienii recurg adesea la această formă, când generalizează, și nu vor să se angajeze în niciun fel prin declarații. Câtă diferență între „așa ceva nu se face" și „eu nu fac așa ceva" sau „aș vrea să nu faci așa ceva".

CUVÂNTUL „TU"

Oricărui om îi face plăcere să audă că se vorbește despre el, despre preocupările, realizările și viața lui. Pentru oricine este ceva important. Puteți profita de acest fapt rostind cât mai des „tu" sau „dumneavoastră". Încercați să vă adresați interlocutorului cât mai des cu putință într-un mod personal! Apoi mai puteți argumenta și din perspectiva lui. Ambalați-vă argumentele din punctul de vedere al partenerului de discuție. Să presupunem că vreți să ieșiți împreună la cinematograf. Atunci puteți încerca, spre exemplu, următoarea abordare: „Doreai să vezi noul film cu George Clooney, ce-ar fi să mergem diseară?"

CUVINTELE „MEREU“ – „IARĂȘI“ – „NICIODATĂ“

Dacă aveți de gând să vă stresați partenerul, este suficient să apelați de câte ori aveți ocazia la cuvintele „mereu", „iarăși" sau „niciodată", când îi reproșați ceva. Utilizarea constantă a acestor vocabule malefice a distrus multe căsnicii. La fel și formula: „Ți-am spus eu." Exprimările de acest soi sunt tabu:

- „Iarăși nu ai..."
- „Mereu spui că..."
- „Niciodată nu faci..."

Ele generalizează absolut orice situație și blochează categoric posibilitatea de a depăși o criză. În acest fel, partenerului îi vine foarte greu să se schimbe. Dar tocmai asta urmăriți! (Țineți seama că „dar" din ultima propoziție nu limitează conținutul, ci doar îl subliniază.) Prin urmare, este preferabil să nu generalizați, ci să îi amintiți partenerului de o întâmplare concretă: „Asta m-a deranjat foarte tare, te rog ca data viitoare să nu mai..." În acest fel nu vă poate reproșa că generalizați, ci va fi obligat să refere la întâmplarea concretă.

VERBAL POWER – DIFERENȚE MINORE, EFECTE MAXIME

Tonul face muzica! V-am vorbit la pagina 43 despre un studiu în care se afirmă că doar 7% reprezintă conținutul propriu-zis al unei știri, iar un procent de 38% se transmite prin vocea noastră. Albert Mehrabian, profesor la University of California (UCLA), a desfășurat cercetările sale în 1967 și 1968, iar rezultatele le-a publicat în 1971. Textul se referă la două investigații inițial separate, considerabil simplificate și apoi combinate între ele. Mehrabian însuși a subliniat mai târziu că studiul său nu pune la dispoziție o cunoaștere cuprinzătoare asupra comunicării – cifrele trebuie așadar tratate cu precauție. Cu toate astea, ele arată importanța majoră a limbajului corporal și a plasării accentelor. Dacă semnalele nonverbale reprezintă 93% sau doar 80% nu reprezintă un element cu adevărat semnificativ pentru scopurile noastre. Argumentul esențial este că percepem cât se poate de limpede asemenea semnale nonverbale și putem să le interpretăm corect.

Vocea nu ne pune la dispoziție foarte multe posibilități, dar cele care există sunt deosebit de eficiente. Karyn von Ostholt, instructoarea mea de voce, mi-a spus de nenumărate ori: „Când repede, când rar, când tare, când încet. Este o metodă care funcționează minunat." Concret, iată de care elemente de intonație și voce trebuie să țineți seama:

- Viteza: interlocutorul vorbește repede sau rar?
- Tonul vocii: vorbește cu voce înaltă sau joasă?
- Intensitatea: este normală sau ridicată?
- Articularea: cât de clar este rostit fiecare cuvânt în parte?
- Ritmul: face pauze în momente nepotrivite?
- La moderatorii prost educați, spre exemplu, ne putem da seama imediat seama dacă rostesc un text învățat pe dinafară sau vorbesc cu adevărat liber, spontan.

Și de data asta este vorba în primul rând să vă dezvoltați o sensibilitate față de aceste caracteristici ale vocii, pentru ca apoi să apelați conștient la ele. Intuiția vă poate fi de enorm ajutor în această privință. Care persoană pare mai agitată: cea care articulează neclar ori cea care vorbește rar și accentuează corect fiecare silabă?

PAȘI ÎN DIRECȚIA CONTROLULUI VERBAL

1. Vorbiți în limbajul interlocutorului

Ascultați atent cum vorbește interlocutorul și adaptați-vă. Dacă folosește adesea cuvinte străine, procedați la fel. Dacă recurge la metafore, dezvoltați aceleași metafore! Exprimați-vă, după cum o cer circumstanțele, în imagini vizuale, auditive sau chinestezice. Vorbind aceeași limbă, vă veți înțelege bine cu interlocutorul.

Un exemplu: în primul meu turneu am avut un manager care se dădea în vânt după expresii din engleză. Chiar dacă pentru un concept anume avem și noi cuvinte perfecte, prefera termenul din engleză. În loc să treacă în programul turneului cuvântul „acces", ca să explice limpede la ce oră avea voie publicul să intre în sala de spectacol, a folosit expresia „doors open". Partea neplăcută este că indicațiile în limba engleză s-au dovedit nu doar inutile, ci și incorecte – uneori cu urmări nefericite.

Nu am să uit niciodată spectacolul nostru de la Basel. M-am dus direct la adresa unde ar fi trebuit să existe teatrul, potrivit contractului meu. Apropiindu-mă de stradă, mi-a fost greu să-mi imaginez că acea clădire avea cum să se afle în acea vecinătate – aterizasem în mijlocul cartierului rău famat al Baselului. Totul mi se părea extrem de ciudat. În cele din urmă am ajuns în fața unei case în care niște doamne își ofereau cât se poate de evident serviciile. A fost singura oară când mi-am spus „Aici nu vreau să fac spectacol." Iritat, i-am telefonat acelui manager și i-am cerut lămuriri. A fost cât se poate de mirat, căci ajunsese deja la teatrul unde urma să se desfășoare reprezentația și totul era în regulă, din punctul lui de vedere. Iată ce se întâmplase: în contract nu apărea termenul „loc de desfășurare", ci „venue". Proprietarul de restaurant căruia îi aparținea și teatrul a crezut că „venue" trebuie să fie adresa lui oficială, tocmai din clădirea care adăpostea un bar la parter. „There is no business like show business."

Mie nu-mi plac anglicismele și îmi dau toată silința să le ocolesc. Cu toate astea, în conversațiile cu managerul meu de atunci am preluat de multe ori cuvintele „lui" din engleză. Doream să vorbesc pe limba lui, asigurându-mă ca spusele mele să fie limpede recepționate de el. Pe de altă parte, aceeași tactică asigura și menținerea unui control în timpul discuțiilor.

2. Influențare subtilă

Această tehnică provine din domeniul hipnozei, din câte știu eu. Este vorba despre accentuarea unor anumite cuvinte din frază, transmițând în acest fel indicații care sunt percepute inconștient. Să presupunem că faceți o propunere pe care ați dori să o vedeți acceptată. „Am impresia că mai aveți nevoie de un mic răgaz de gândire, înainte de a vă hotărî să acceptați propunerea." Dacă accentuați adecvat ultimele patru cuvinte, interlocutorul aude, pe lângă restul comunicării, mai ales mesajul „hotărî să acceptați propunerea".

Dați puțin mai multă greutate cuvintelor și în același timp măsurați-vă din priviri interlocutorul. Puteți să însoțiți cuvintele cu un ușor semn din cap, cu un gest afirmativ, puteți deschide puțin mai mult ochii sau să-i închideți, pentru a vă susține afirmația într-un mod adecvat. Nu am crezut că această tehnică are cu adevărat efect până când, într-o zi, am făcut un test, în cursul căruia am potrivit ceasul unui spectator la o oră anume și apoi i-am pus ceasul în mână, cu cadranul în jos. Apoi am rugat pe spectator să numească o cifră între 1 și 60. Iar exact la acea cifră era îndreptat minutarul ceasului său!

Cel puțin așa s-a dus vorba. În realitate, evenimentele se desfășoară puțin altfel. Să presupunem că potrivesc minutarul la 42, iar pe urmă îi spun spectatorului: vă rog acum să spuneți repede o cifră între 20 și 45, o cifră între 20 și 45, repede. Repetiția nu este greșeală de tipar, ci intenționată și de importanță. Rostesc 45 mai tare decât 20 și, după cum am constatat, foarte mulți oameni aleg apoi o cifră apropiată de 45. Partea frumoasă este spectatorii mei declară, mai târziu, că au avut de ales orice număr, dar jocul nu oferea posibilitatea alegerii de la 1 la 60, ci doar între 25 de răspunsuri posibile. Dacă cineva propune 40 sau 41, minutarul este suficient de aproape de numărul corect pentru ca efectul să fie cel scontat. Dacă un spectator alege 41, atunci mai întârzii un minut până când ceasul este întors cu fața în sus – superb!

3. Intonația corectă

Când cineva ridică vocea la finalul propoziției, ne așteptăm să mai urmeze ceva. Mai gândiți-vă o dată la cuvântul meu preferat „sau". Iar când cineva enumeră o serie de obiecte, puteți judeca după intonație când a ajuns la cel din urmă: vocea în sfârșit coboară din nou. Imaginați-vă că o persoană vă spune ceva și ridică vocea la finalul frazei. Veți avea automat senzația că încă nu a terminat – în afară de cazul când va pune o întrebare și intonația va fi cu adevărat diferită.

Oamenii care emană autoritate nu vorbesc așa. Ci sunt liniștiți, siguri pe sine și încheie coborând tonul, pentru ca fraza să se transforme în declarație, statement. Asemenea fraze au efect. Așa ne-au vorbit părinții noștri, când era ceva serios. Astfel, felul în care spuneți ceva poate fi mai important decât ce anume spuneți.

Încercați să urmăriți cu atenție felul în care vorbește crainicul unui post de radio. Funcție de corectitudinea intonației, puteți stabili în cazul multora dintre ei dacă citesc un text sau vorbesc liber. Când citesc un text, majoritatea vorbitorilor accentuează în anumite locuri cu totul altfel decât când vorbesc liber. De multe ori fac pauze acolo unde nu se cuvine. La fel se întâmplă și cu textele învățate pe dinafară, de aceea e preferabil să nu citim un text și nici să nu îl învățăm pe de rost, ci să încercăm să vorbim liber întotdeauna. Atunci vom accentua corect în mod automat, ceea ce înseamnă atât respect față de ascultători, cât și față de propria persoană. În timpul studiilor am avut nenumărate prilejuri să exersez vorbitul liber. Fiecare interpret în devenire trebuia să susțină câteva speech-uri pe semestru, care erau traduse simultan de ceilalți. Puteam vorbi despre orice temă care ne interesa și exista o singură regulă: nu aveai voie să citești!

4. Spuneți cât mai puțin cu putință și doar atât cât este necesar

Dacă vreți să convingeți pe cineva, nu-l copleșiți cu un șuvoi de cuvinte. Gândiți-vă la persoanele cu influență. În momentele cruciale, au vorbit mult sau puțin? Nu spun că ar trebui să fiți taciturn, dar să nu vorbiți mai mult decât este necesar! Cu cât aveți mai multe de ascuns, cu atât cresc șansele de a vă scăpa ceva chiar în momentul hotărâtor și implicit de a vă pierde controlul. Când vine momentul-cheie, nu spuneți decât atât cât este necesar, așa veți inspira autoritate, charismă și aplomb.

PE MINE NU MĂ DUCI – DEMASCAREA ÎNȘELĂCIUNILOR

Când mi-am conceput primul program de teatru, am încercat să introduc încă un moment în partea a doua, după pauză, care să îngăduie spectatorilor un moment de răgaz, în care să stea relaxați pe locurile lor. Un moment în care tempoul să se reducă puțin, pentru ca apoi să urmeze un final alert și intens. M-am hotărât, în acest scop, să îi citesc în palmă unei spectatoare și să îi descriu trăsăturile de caracter. Secvența dura între trei și cinci minute. După reprezentații, am fost uimit să constat că mulți mă abordau să discute tocmai despre acest moment. Faptul că reușeam să caracterizez corect o persoană care mi-era absolut străină și chiar „știam" detalii despre trecutul ei producea urmări pe termen îndelungat asupra multor oameni. Era evident că subapreciasem în mare măsură efectele chiromanției.

Aș dori să vă dezvălui acum un secret: nu am modificat nici trăsăturile de caracter invocate de mine seară de seară și nici nu mi-am imaginat seară de seară alte detalii posibile din trecutul spectatorilor mei. Discursul meu era cuvânt cu cuvânt identic, seară de seară.

Asta îmi amintește de experimentul profesorului Bertram Forer, care l-a făcut faimos peste noapte. La sfârșitul anilor 1940, Forer s-a preocupat intens de structura de personalitate a oamenilor. După ce într-o seară a întâlnit într-un bar un personaj care analiza contra cost scrisul clienților săi și trăgea concluzii despre caracterul lor, acest subiect nu i-a mai dat pace. Forer dorea să afle de ce oamenii se arătau așa de fascinați de descifrarea scrisului și a liniilor din palma lor, la fel ca și de horoscop și de ghicitul în cărți. Inspirat de întâlnirea cu specialistul grafolog, lui Forer i-a venit ideea următorului experiment: profesorul i-a rugat pe studenții săi să parcurgă un test de personalitate și să-i dea rezultatele. După o săptămână, Forer le-a înmânat rezultatele testelor. Fiecare a primit un plic care conținea o descriere personală a trăsăturilor sale de caracter. Firea fiecăruia a fost atât de fidel descrisă, încât cei mai mulți au rămas literalmente cu gura căscată! După introducerea făcută de mine, bănuiți probabil cheia poveștii: și Forer le-a dat tuturor studenților săi același text, cuvânt cu cuvânt! Mai exact următorul:

ANALIZA DE CARACTER A LUI FORER

Vă doriți ca alți oameni să vă îndrăgească și să vă admire, cu toate astea dați dovadă de simț autocritic. Chiar dacă prezentați anumite slăbiciuni personale, ați învățat să le compensați. Dispuneți de un capital imens de potențial nefolosit, pe care încă nu îl exploatați pe deplin. Chiar dacă din afară păreți mereu calm și disciplinat, uneori vă simțiți nesigur și sunteți îngrijorat. Există momente în care vă puneți întrebarea dacă ați procedat așa cum se cuvenea și dacă ați luat hotărârea potrivită. Vă fac plăcere schimbările, într-o anumită măsură, și sunteți nemulțumit când sunteți supus unor restricții și frâne. Sunteți mândru de modul dumneavoastră de a gândi liber și cântăriți mereu în amănunțime afirmațiile celor din jur. În orice caz, ați învățat că nu este înțelept să te arăți prea deschis față de ceilalți. În condiții favorabile, sunteți capabili să vă apropiați de alții, în schimb, când circumstanțele sunt neclare, deveniți introvertit și retras. O parte dintre dorințele și năzuințele dumneavoastră sunt nerealiste.

Cei mai mulți vor considera poate că acest text nu i-ar impresiona câtuși de puțin. Dar imaginați-vă că tocmai ați completat un test de personalitate, iar apoi obțineți rezultatul din partea profesorului dumneavoastră. Amintiți-vă de Penn și Teller, care au reușit să vândă scump un inel din alamă doar pentru că se îmbrăcaseră în halate albe. Sau la cameristele care au slăbit, după ce experții le comunicaseră că munca lor le face să consume foarte multe calorii. Într-o asemenea situație, titlul de profesor poate fi suficient pentru ca o sugestie să-și facă efectul.

Forer și-a satisfăcut curiozitatea asupra reacției subiecților săi și cu acest prilej ne-a pus la dispoziție o informație importantă: analiza de caracter – inclusiv prin chiromanție, astrologie și horoscop – nu trebuie neapărat să vi se potrivească personal pentru ca să vă convină. Este absolut suficient să credeți că afirmațiile sunt cele potrivite. Dacă alegeți cuvintele potrivite, interlocutorul vă va acorda tot creditul și, tot ce se poate, abia atunci veți avea posibilitatea să aruncați o privire mai profundă asupra caracterului său. Există o tehnică psihologică aptă să îndeplinească exact acest lucru. La ea apelează cu precădere șarlatanii și paranormalii de ocazie.

Aș vrea să subliniez din nou că scopul spectacolelor mele este de a-i distra pe oameni! Cu siguranță că am învățat o mulțime de lucruri despre care lumea cu ocupații obișnuite nu are nici cel mai mic habar. De aceea nu oricine este în stare să reproducă experimentele mele, cu toate că nu este nimic supranatural. Uluirea apare doar pentru că spectatorii nu știu cum funcționează toată povestea.

În capitolul „Corpul ne trădează gândurile" am descris cum un gând negativ are efect asupra corpului, fără să știu exact de ce se întâmplă așa. Un alt exemplu: pentru a memora în mai bune condiții o listă de obiecte, putem să legăm obiectele de imagini, pe care creierul le reține mai ușor. Astfel se poate renunța și la lista pentru cumpărături, dar cum funcționează mecanismul nici specialiștii nu pot explica decât parțial. Cert este că fenomenul poate fi descris, poate fi dovedit, dar rămâne greu de deslușit.

Să revenim la tehnica despre care vorbeam: avem de-a face cu o strategie extrem de inteligentă, sofisticată din punct de vedere psihologic. Ea recurge la diverse metode verbale pentru a transmite unui străin sentimentul că îl cunoști cât se poate de bine. Tehnica în sine nu este nici bună, nici rea. Cine recurge la ea hotărăște dacă o folosește în scopuri lăudabile sau are intenții rele. Mulți dintre cei care lucrează în domeniul social sau al sănătății recurg la tehnicile intuitive spre beneficiul celor din jur.

Voi descrie în continuare aceste metode din două motive: pe de o parte, tehnica vă poate fi de ajutor să îi câștigați pe alții de partea dumneavoastră, iar pe de alta puteți să vă apărați mai eficient de asemenea metode, știind cum funcționează. Tuturor celor care sunt interesați să se ocupe mai pe larg de această temă le recomand să citească volumul *The Full Facts Book of Cold Reading* de Ian Rowland, unde vor găsi toate datele esențiale asupra subiectului. Dar marele lui merit este că explică în ce fel se folosesc ghicitorii profesioniști de această tehnică pentru a-și înșela clienții. Eu mă voi limita aici, deliberat, la strategiile la care puteți recurge în viața de zi cu zi, și mai ales în cea profesională. Metodele pe care le voi prezenta provin de la Rowland și sunt absolut legitime, atât timp cât sunt folosite cu bune intenții.

Cel puțin pentru început ar trebui să folosiți de fiecare dată, pentru exercițiu, un sistem de referință. Astfel, chiromanția și analiza grafologică prezintă, din punctul meu de vedere, un element comun: afirmațiile despre caracterul omului nu se fac la întâmplare. La baza lor stă un sistem de referință coerent. Ne putem gândi la analiza scrisului și a liniilor din palmă, dar și la determinările legate de zodii, cărți de joc, pendule, teorii ale culorilor și așa mai departe. Fantezia nu cunoaște limite în această privință. Prietenul meu, profesorul dr. Toni Forster, psiholog, mi-a povestit despre un om care nu a mai avut chef să-și continue meseria lui de măcelar și a început să le ghicească oamenilor în rotule! Alți șarlatani inventivi au citit trăsăturile de caracter până și în forma sânilor! Viața poate fi frumoasă.

Să luăm totuși drept referință intuiția personală. Cu siguranță sunteți dotat cu o cantitate considerabilă de simț al realității. Astfel, vă faceți evaluările uneori spontan, din instinct, dar alteori după o matură chibzuință.

TESTUL INTUITIV

Vă rog să vă faceți singuri un test. Trebuie să vă încredeți exclusiv pe intuiție, pe instinctul dumneavoastră! Pe pagina următoare se găsește un desen pe care sunt reprezentate două obiecte. Încă nu întoarceți pagina, ci vă rog să vă imaginați că sunteți acasă și vă uitați pe fereastră. Vă rog să procedați în gând, iar asta încă în timp ce citiți aceste rânduri. Ce anume vedeți acum în fața ochilor minții? Vedeți cu adevărat tabloul și vă gândiți la două lucruri pe care le vedeți în el. Vă rog să întoarceți acum pagina și să constatați cât de bine v-a funcționat intuiția.

După ce ați ales un sistem de referință, urmează să alegeți ce teme de discuție veți ataca împreună cu interlocutorul. Gândim cu toții că suntem indivizi independenți, care iau hotărâri doar pe cont propriu. Asta este valabil doar condiționat. Ne putem folosi de faptul că majoritatea oamenilor consideră importantă o anumită serie de lucruri. La prima vedere, există șapte teme capitale care ne interesează. Dacă atacați aceste șapte teme, în mod normal veți trezi interesul partenerului de dialog. Iată care sunt ele:

- iubire, relația cu partenerul, sex
- bani
- profesie
- sănătate
- călătorii
- cunoaștere și dobândirea cunoștințelor
- speranțe, fericire/noroc, dorințe și planuri de viitor

Iubirea, banii, profesia și sănătatea sunt de obicei considerate teme mai serioase decât celelalte trei. Când intenționați să intrați în discuție cu cineva, puteți apela oricând la unul dintre aceste subiecte. Atenție, însă: sexul nu este cel mai fericit mod de a aborda o conversație. Tema poate însă să intervină la momentul potrivit și să rezolve radical situația. Un alt aspect de care trebuie să țineți seama este că oricărui om îi face mare plăcere să vorbească despre sine. Important este să vă impuneți sentimentul că vă puteți apropia și cântări interlocutorul cu oricare dintre temele propuse mai sus, lăsându-i o impresie de durată.

Autorul american Neil Strauss oferă în volumul său *Jocul seducției* cele mai bune sfaturi în această privință, afirmând că tactica pe care a conceput-o este infailibilă. Și că

nu a existat femeie care să nu-i fi dat cel puțin numărul de telefon... Strauss mizează pe strategiile psihologice rafinate ale vorbirii și limbajului corporal, combinate cu tehnicile de control verbal. Oare nu vă sună cunoscut?

Pe lângă temele principale menționate există și alte aspecte pe care merită să le abordați în timpul discuției:

- trăsăturile de caracter ale interlocutorului
- relațiile personale.

Dacă aveți sentimentul că ați epuizat temele cele mai importante, începeți să descrieți caracterul interlocutorului, încercând să distingeți câteva detalii particulare.

CONTRADICȚIE ÎNTR-UNA ȘI ACEEAȘI FRAZĂ

„Sunteți un om extrem de deschis, în stare să se apropie foarte bine de cei din jur. Vă place să fiți în contact cu oamenii și apreciați o conversație plăcută – însă numai când ambianța este cea potrivită. Într-o atmosferă nepotrivită, este posibil să vă retrageți și să păreți mai degrabă introvertit."

Nimeni nu ar contrazice aceste afirmații. Nimeni nu afirmă despre sine că nu apreciază o conversație plăcută sau că s-ar feri de oameni mai puțin agreabili. Partea practică a acestei tehnici constă în faptul că îi serviți interlocutorului doar o frază general valabilă, dar aparent bine chibzuită, iar el își alege din ea exact ceea ce i se potrivește, fără să fie conștient de asta. Dar, atenție, o asemenea declarație trebuie să nu fie niciodată prea concretă. Nu faceți trimiteri precise. Lăsați deschis cât mai mult cu putință, pentru a vă permite reacții cât mai flexibile. Păstrați mereu la îndemână diverse perechi de caracteristici: harnic – degajat, atent – visător, sceptic – deschis trebuie neapărat să se numere printre ele. La momentul potrivit din timpul unei discuții vă va veni cu siguranță în minte cea mai potrivită.

CUM SĂ FACI UN COMPLIMENT

Este foarte important ca un compliment să se potrivească neapărat interlocutorului dumneavoastră, pentru ca să nu fie perceput ca un gest servil. Rowland descrie cu nesfârșită subtilitate cum puteți ocoli elegant asemenea capcane. Complimentul trebuie întotdeauna pus în raport cu partenerul de discuție. În loc să spunem „Sunteți un om foarte deschis", e preferabil astfel: „Părerea mea este că aveți o poziție mai deschisă decât a majorității semenilor. Cu siguranță s-a profitat până acum de această atitudine pozitivă, dar ați rămas ferm pe poziție, deoarece așa vi se pare firesc și știți că, pe termen lung, este atitudinea corectă. Iar atitudinea dumneavoastră corectă v-a făcut întotdeauna mai mult bine decât rău." Nu comparați niciodată persoana cu care discutați cu cine știe ce celebritate, ar însemna să vă aventurați pe un teren foarte alunecos.

V-ați împotrivi la un asemenea compliment, în cazul în care vi l-ar face cineva? Chiar dacă nu ne face plăcere să mărturisim, ascultăm cu mare mulțumire laudele care ni se aduc.

CUM SĂ RECOMPENSEZI

O tehnică aplicată cât se poate de subtil! Deoarece aici este vorba despre o răsplată pe care și-o merită partenerul de discuție când are încredere în ce îi spuneți. Să presupunem că vreți să vă cumpărați un DVD player. Însă nu știți care este cel mai bun. Vânzătorul vă zice: „Cred că acest aparat vi se potrivește cel mai bine. Dispune de o serie de funcții suplimentare, pe care nu le înțelege multă lume. În mod normal, îmi vine greu să le explic clienților despre ce este vorba, dar dumneavoastră văd că înțelegeți repede, vă arăt despre ce este vorba, dacă doriți..."

Puteți să folosiți același efect pentru a-i aduce de partea dumneavoastră pe nehotărâți: „Am sentimentul că în dumneavoastră există ceva ce se opune la ceea ce vă spun eu acum. Mi se pare regretabil. Dacă ați putea să lăsați puțin deoparte această reținere nejustificată, ați vedea ce pierdeți. Vă rog să priviți obiectiv această ofertă și veți vedea cât este de avantajoasă."

CUM SĂ TE FOLOSEȘTI DE FAZELE VIEȚII

Vă puteți referi la diferite faze din viața oricărui om – funcție de vârsta interlocutorului. „Nu vă întrebați câteodată ce s-a ales din marile planuri și visuri de demult? Nu aveați cu totul alte intenții pe vremuri și nu gândeați că lumea vă aparține? Am sentimentul că uneori ați vrea să luați totul de la început, dar de data asta ați proceda altfel, în unele privințe."

Sau: „Nu aveți câteodată senzația că ideile și propunerile dumneavoastră nu se bucură de atenția pe care o merită? Uneori trebuie să dai o luptă ca să le arăți oamenilor de ce suntem cu adevărat capabili. Știți foarte limpede că mai puteți învăța o mulțime de lucruri noi și că sacrificați mult timp pentru a afla lucruri noi și pentru a fi la curent cu ultimul stadiu al tehnicii. Însă cu siguranță vor exista mereu oameni care nu știu să aprecieze la justa valoare contribuția dumneavoastră autentică."

CE-AR FI, DACĂ...

Acest procedeu se apropie de tehnica „folosirii fazelor vieții". De-a lungul vieții, luăm permanent hotărâri. Este cât se poate de normal să ne întrebăm din când în când ce s-ar fi petrecut dacă, la un moment dat, am fi luat o altă decizie. Să presupunem că întâlniți pe cineva care, la prima vedere, pare un om de afaceri de succes. Unui asemenea om i-ați putea spune: „Am impresia că sunteți un om dintr-o bucată, care preferă abordările directe. Prin urmare, ați ajuns până departe și v-ați atins multe dintre țintele propuse. Dar toate astea aduc desigur și neajunsuri. Uneori vă doriți să aveți ceva mai mult timp pentru familie, pentru prieteni și hobby-uri. Nu aș merge până acolo încât să afirm că ar fi o problemă serioasă în ce vă privește, dar cu siguranță vă preocupă uneori. Greșesc? Din când în când vă întrebați: «Cum ar arăta lucrurile astăzi dacă aș fi transferat o parte din energia dedicată vieții profesionale în dorințele mele personale?»"

În cazul unei gospodine, am putea spune astfel: „Faceți parte dintre persoanele cu bun-gust, care preferă să stea acasă. Vă pricepeți să le pregătiți celor apropiați un cămin cald. Reprezintă o virtute a dumneavoastră și știți să vă îngrijiți de ceilalți mai bine decât majoritatea dintre noi. Dar asta aduce desigur și neajunsuri. Apar momente când v-ați dori să aveți mai mult timp pentru dumneavoastră și proiectele personale. Nu reprezintă, cred, o problemă autentică în ce vă privește, dar gândul vă frământă din când în când. Și atunci vă întrebați cum ar sta astăzi lucrurile dacă ați fi investit ceva mai multă energie în ambițiile profesionale."

ORICÂND (PRIMIT) CU PLĂCERE

Psihologul Paul Meel a fost fascinat de studiul lui Forer. Vă amintiți? Cel în care toți participanții au primit același text drept analiză a caracterului. El a reformulat textul lui Forer și a alcătuit formule numite de el „Barnum statements". Phineas Taylor Barnum a fost un director de circ american care, prin textele lui publicitare incredibil de atrăgătoare a convins mase enorme de oameni să vină la circul lui. *Barnum statements* sunt formule la care reacționează pe loc majoritatea oamenilor. Printre ele:

- „Uneori vă încearcă sentimentul că încă dispuneți de un mare potențial care nu a fost exploatat."
- „Uneori vă simțiți nedrept tratat, din cauză că prietenii, colegii sau partenerul de viață vă subapreciază și nu vă prețuiesc suficient munca."
- „Unele dintre speranțele personale par nerealiste, deși sunt cu totul justificate."

Aceste formule se potrivesc de minune pentru a stabili imediat o legătură cu interlocutorul. Există totuși primejdia ca ele să fie recunoscute curând drept locuri comune. De aceea se impune să fie folosite cu precauție. Luați în calcul posibilitatea ca partenerul de discuție să respingă ferm asemenea afirmații. Drept contramăsură, Rowland invocă una dintre cele mai bune tehnici pe care le cunosc eu – așa-numitul *forking*, adică bifurcare:

Afirmație: „Sunteți extrem de autocritic." Să presupunem că interlocutorul pare să fie de acord. Atunci puteți opta pentru treapta a doua, întărind și mai mult propoziția: „Uneori mergeți prea departe cu critica de sine și vă supărați din cauza unor greșeli mărunte, care pe alții nu i-ar deranja câtuși de puțin. În această privință, din când în când vă ridicați singur obstacole în cale."

Dacă interlocutorul respinge categoric afirmația, argumentați în direcția opusă, spunând următoarele: „Oricum, ați învățat să vă temperați această latură autocritică. Prin urmare, sunteți împăcat și puteți aprecia cât se poate de exact la ce vă pricepeți și la ce nu."

Țineți-vă sub observație interlocutorul și hotărâți, pe baza reacțiilor lui, dacă ar fi bine să întăriți sau să slăbiți trăsăturile de caracter menționate prin alte propoziții. Și mai exact prin alte *Barnum statements* foarte interesante:

- „Aveți o cicatrice pe genunchiul stâng."
- „Ați visat, nu demult, pe cineva pe care nu l-ați mai văzut de multă vreme."
- „În numărul casei dumneavoastră există cifra 2."
- „Aveți o mașină de culoare albastră."
- „Ceasul pe care îl purtați l-ați primit în dar."

Oricât ar părea de greu de crezut, aceste afirmații sunt valabile pentru majoritatea semenilor noștri!

INFORMAȚII – GHICITUL GÂNDURILOR DE LA A LA Z

Vă mai amintiți povestea din primul capitol, când am ghicit că o doamnă este violonistă? Am studiat-o atent, am descoperit trăsături caracteristice și m-am apropiat pas cu pas de concluzia că este violonistă. Aș fi putut și să greșesc, însă m-am asigurat bine în repetate rânduri, încât am putut fi sigur.

Ajungem astfel la mijlocul cel mai important al obținerii de informații: întrebarea. Dacă nu aș fi înaintat sistematic pas cu pas, nu aș fi ajuns niciodată atât de departe cu afirmațiile mele. Întrebarea rațională reprezintă metoda cea mai bună și eficientă de a afla ceva despre interlocutor. Mai simplu nu se poate. Ian Rowland descrie foarte frumos cum o asemenea întrebare poate fi mereu modificată și completată, pentru a afla și mai mult, fără a trezi nicio bănuială că ai pus vreodată o întrebare.

Închipuiți-vă că nu puteți adormi. Ca să vă abateți atenția, deschideți noaptea televizorul și zapați de la un program la altul. După ce v-ați săturat de crupiera despuiată de pe Neun live și Bob Ross v-a fermecat iarăși cu peisajele lui de pe ecran, vă hotărâți să treceți pe un canal pentru copii. Vă cuprinde groaza: la ora asta, pe acele canale se difuzează emisiuni cu persoane care își demonstrează talentul în ghicitul în cărți sau capacitatea de a vorbi cu îngerii! Nu trebuie decât să telefonați – în schimbul unor taxe enorme –, pentru ca o doamnă atoateștiutoare sau un clarvăzător autodeclarat cu accent straniu să vă dea un răspuns la întrebarea vieții dumneavoastră dintr-un salon transformat în studio TV. Odată am asistat cum un asemenea domn i-a povestit unei telespectatoare cu probleme de greutate că nu se hrănește corect și trebuie să-și schimbe obiceiurile alimentare. Cine altul, dacă nu acest spirit pătrunzător, ar fi ajuns la o asemenea concluzie originală, revoluționară? Eu unul simt că mi se întoarce stomacul pe dos, după câteva minute de asemenea amuzament ieftin. Nu numai că unor oameni săraci și disperați li se smulg banii din buzunar, nu, dar cel puțin o parte din sfaturi sunt flagrant neglijente, dacă nu iresponsabile.

Nu este exclus ca telespectatoarea despre care vorbeam tocmai să fi primit un nou plan de dietă din partea unui specialist. Cu siguranță cel potrivit pentru ea, iar acum trebuie să renunțe, deoarece o persoană de la o emisiune susține că ar ști el mai bine ce are de făcut? Cu câtva timp în urmă am fost invitat la un post TV pentru copii și am discutat cu o redactorul, o doamnă, pe îndelete despre aceste emisiuni susținute de clarvăzători. Mi-a dat dreptate și mi-a explicat că nu puteau să intervină în niciun fel pentru ca frecvența lor să nu fie exploatată în acest fel noaptea. Ori de câte ori îmi manifest îndoielile față de seriozitatea unor asemenea personaje, oamenii îmi dau replica imediat, vorbind despre dezvăluirile și informațiile incredibile aflate de ei de la ghicitorii în cărți. Nu aș vrea să pun sub semnul întrebării, fără nicio deosebire, seriozitatea ghicitorilor în cărți! Există nu puțini oameni care se preocupă cu adevărat de chiromanție și tarot și ajung astfel la propuneri de rezolvare pentru ei înșiși și pentru alții. Nu am nimic de obiectat împotriva acestor proceduri, iar dacă vă ajută, apelați la ele. Ceea ce mă deranjează cu siguranță este că tocmai asemenea persoane sunt cele de care șarlatanii profită cel mai mult.

Să ne întoarcem la tehnica de a pune întrebări. Clarvăzătorii adevărați nu pun întrebări stângace, ci din cele mai subtile. De multe ori se folosesc de un chestionar care cuprinde ceea ce Rowland numește „incidental questions". Ele par cât se poate de neutre, dar țintesc spre aspecte esențiale. În loc să întrebi: „Cine vă stă aproape?", întrebarea este pusă într-un cadru: „Văd un om care v-a mai ajutat și în care puteți avea încredere, cine ar putea să fie?" Sau: „Văd că ați mai avut probleme de sănătate, de ce fel au fost ele?" Cu mult mai convingător decât să te mulțumești să întrebi: „Ați avut vreodată o boală gravă?" Grație metodei *forking,* răspunsul nu are mare importanță. Cel care pune întrebări urmărește în primul rând să intre în scenă. Tot ceea ce spune trebuie să sugereze, implicit, că el este stăpânul cunoașterii. Și în acest caz puteți apela la cuvântul magic „sau".

Presupunând că vreți să aflați ce mașină conduce interlocutorul, nu trebuie să întrebați, pur și simplu: „Ce mașină aveți?", ci priviți-l atent și gândiți-vă ce mașină i s-ar potrivi. Intuiția are să vă îndrepte spre răspunsul corect – și atunci spuneți: „Nu cumva aveți un Porsche sau...?" Intonația propoziției trebuie să sugereze o afirmație, „sau" de la sfârșit nu trebuie să urce, ci pronunțat la fel de repede și de intens ca restul propoziției. Acum există două posibilități. Fie interlocutorul este cu adevărat posesor de Porsche – și atunci se va arăta probabil foarte mirat. Sau nu are Porsche. Doar extrem de rar se va mulțumi acea persoană să răspundă simplu, nu, ci va încerca mereu să-și explice răspunsul: „Da, nu aș da niciodată atâția bani pentru o mașină" sau „Am vrut mereu să conduc o mașină sport, dar până acum încă nu mi-am permis" sau „Am avut odată un Porsche, acum prefer să circul confortabil" și așa mai departe. Prin întrebarea dumneavoastră inteligentă ați aflat o mulțime de lucruri despre el! Pe mine mă uluiește de fiecare dată efectul obținut. Acordați cea mai mare atenție afirmațiilor lui. Doar în acest fel puteți ținti următoarele remarci spre punctele cele mai oportune.

Să presupunem că participați la o petrecere și vă este prezentat cineva. Începeți o conversație degajată și aflați că interlocutorul lucrează la o sală de fitness. Vă aflați în fața unei declarații cât se poate de limpezi. Pe baza experienței personale, sunteți în măsură să apreciați că partenerul de discuție are, mai mult ca probabil, următoarele însușiri: este încrezător în sine, are simț estetic, este disciplinat și preocupat de forma sa fizică și bea puțin alcool. Cum practică mult sport, probabil că este și sociabil și nu stă prea mult în fața televizorului. Nu toate presupunerile se vor dovedi corecte, dar, aplicând corect tehnica de a pune întrebări – pe care de acum o cunoașteți –, veți afla curând cum stau lucrurile.

Nu subapreciați puterea acestei strategii. Obțin grație ei reacții extrem de puternice în spectacolele și conferințele mele. Dacă procedați corect în toate privințele, veți păstra în memorie aproape exclusiv succese. Asta, printre altele, și deoarece atenția noastră este selectivă: auzim ceea ce considerăm important, restul trecem cu vederea. Secretul șarlatanilor constă în aceea că descoperă exact cuvintele și se referă exact la subiectele care în acea clipă sunt de importanță maximă pentru interlocutor, ca iubirea, banii sau călătoriile. În afară de asta, sunt extrem de fideli ascultători. În asta constă capitalul lor. Mulți dintre specialiștii care lucrează în domeniul sănătății sau în cel al religiei dispun de capacitatea de a găsi intuitiv cuvintele potrivite pentru subiectul potrivit. Suficient pentru ca pacientul să se simtă mai bine de la bun început. Deoarece simte că i se acordă atenție. Atenție însă, afirmațiile dumneavoastră să îl reprezinte exact așa cum se vede el, probabil – și nu așa cum îl vedeți dumneavoastră. Cum lumea este exact ceea ce ne așteptăm să fie, vă întâlniți cu interlocutorul tocmai pe un teritoriu pe care el îl consideră al său propriu. Bizuiți-vă pe intuiție și observați toate schimbările prin care trece partenerul de discuție și vă veți da seama în scurt timp unde ați lovit în plin și încotro trebuie să mergeți.

Spre deosebire de analiza lui Bertram Forer de la pagina 133, acum avem de-a face cu improvizații libere, folosind diverse tehnici. Iar pentru asta aveți nevoie, exact ca la interpretarea unei piese muzicale, de instinct și de experiență.

Multe se pot deduce și din aspectul exterior al unei persoane (capitolul întâi, pag. 14.). Atenție însă, există o capcană: aceleași drepturi le au și șarlatanii. Stereotipurile sunt de fiecare dată o cale plină de primejdii. Vă propun, spre exercițiu, două sfaturi care mi-au fost extrem de utile la început:

- Gândiți-vă dacă interlocutorul vă aduce aminte de o persoană cunoscută. În acest caz, descrieți acea persoană.
- Imaginați-vă opusul persoanei care vă stă în față. Apoi afirmați că în viața interlocutorului există cineva cu care nu se înțelege cu niciun chip. Și apoi descrieți acel personaj opus.

Acest capitol nu are cu siguranță darul să-mi aducă prieteni. Unii dintre cei care cunosc aceste tehnici sunt de părere că trebuie să rămână în continuare secrete. Eu sunt de altă părere. Permiteți-mi să închei capitolul prin cuvintele doctorului Serge Kahili King: „... să nu faceți un secret dintr-o știință care poate ajuta și vindeca. Nu este greu să păstrezi tăcerea asupra acestor informații, ci să-i faci pe oameni să le înțeleagă și să le folosească. În ce privește utilizarea lor cu alte scopuri, ea este posibilă doar din neștiință. Cu cât fiecare dintre noi știe mai bine cum se pot schimba lucrurile, cu atât vor exista mai puține tentații și momente de a profita de pe urma acestei științe. O știință larg răspândită dispune cu siguranță de mai multă putere decât secretele, păstrate sub șapte lacăte și neutilizate de nimeni. Știința ținută la secret este tot atât de utilă ca banii ținuți la saltea, de zgârciți. Știința se ridică deasupra sferei lucrurilor obișnuite nu pentru că le-ar fi rezervată puținilor aleși, ci pentru că este accesibilă pentru mulți."

Vă rog să vă faceți darul de a folosi această știință doar în scopuri bune și să le faceți și celor din jur același dar. Altfel, veți fi un om care nu mai merită încrederea. Iar încrederea constituie baza empatiei reciproce care permite, la rândul ei, recunoașterea gândurilor și a motivațiilor celor din jur. Dacă de acum înainte reușiți să susțineți mai ușor o conversație și să lăsați o bună impresie, înseamnă că metoda a încăput pe mâini bune.

4

NU EXISTĂ GRANIȚE – UN ANTRENAMENT MINTAL

Dacă ați ajuns până aici cu lectura, înseamnă că vi s-a întipărit adânc în minte: gândurile au influență directă asupra corpului. Și invers. Este în definitiv ideea esențială în jurul căreia s-a adunat tot ce se află în acest volum. Iar consecința logică este că între spirit și corp nu există granițe.

Acum câțiva ani am citit în revista *Der Spiegel* despre un studiu în care persoane cu fractură la braț au fost rugate ca, în ciuda handicapului, să facă antrenament muscular mental cu acel membru. După ce ghipsul a fost îndepărtat, rezultatul a fost evident: brațul suferind nu prezenta aproape nicio pierdere a masei musculare, în vreme ce mușchii pacienților care nu făcuseră acest exercițiu se atrofiaseră considerabil. Iată un exemplu fascinant al legăturii dintre corp și creier. Un joc fără limite. Pentru mintea omului nu există legi ale naturii. Faptul este demonstrat și de un experiment pe care pe vremuri îl făceam deseori cu plăcere în taberele școlare. Poate că ați auzit de el.

EXPERIMENT

Este nevoie de cinci persoane, cam de aceeași înălțime. Una dintre ele ia loc pe un scaun. Să presupunem că o cheamă Marlena. Acum, celelalte patru persoane, stând în picioare, trebuie să se prindă de mâini și să încerce să o ridice pe Marlena ținând degetele arătătoare întinse și vârâte la subsuoara și în spatele genunchilor ei: nu vor reuși. Apoi cele patru persoane stând în picioare trebuie să se adune și să-și țină mâna dreaptă deasupra capului Marlenei, care stă jos. Mâinile trebuie adunate una peste alta, în turn. Apoi la fel, cu mâinile stângi. Odată încheiată această mișcare, spuneți: „Acum. Număr până la trei și cu fiecare număr vă simțiți mai puternici. Marlena se simte din ce în ce mai ușoară. De îndată ce am ajuns la trei, o ridicați pe Marlena. Veți reuși! Cu siguranță. Unu, doi, trei – acum!"

Cei patru vor reuși să o ridice pe Marlena! Nu știu cu exactitate de ce se petrece asta. Dar acest test este de acum vechi. Când l-am executat, împreună cu colegii, era bine știut. Nu-i cunosc originile. Dar sigur nu merge dacă unul dintre cei patru nu crede ferm în reușită. Puterea mentală este cea care acționează, depășind limitele din capul nostru.

Exact la fel se întâmplă de fiecare dată când intuiția, sau instinctul, ne spune ceva și îi dăm ascultare. De foarte multe ori această pornire se dovedește îndreptățită, iar multe dintre cele care acum câțiva ani erau respinse drept absurdități ezoterice s-au dovedit între timp că au o bază științifică. Cercetarea creierului, mai ales, a făcut un salt uriaș în ultima perioadă. Celor care sunt interesați în mod special de sfera „intuiției" le recomand *Blink. Decizii bune în 2 secunde* de Malcolm Gladwell, care arată unde intuiția este superioară rațiunii.

În această privință, una dintre cele mai frumoase povești am auzit-o de la bunul meu prieten și coleg, magicianul Markus Beldig, care își începe programul său de seară cu un story adevărat: „Ne aflăm într-un oraș mic din Statele Unite. Un polițist a ieșit din tură în jur de ora 19 și s-a oprit la supermarket, să cumpere câte ceva pentru cină. După ce a coborât din mașină, s-a îndreptat spre magazin prin parcare și a remarcat un automobil care i s-a părut oarecum ciudat. Habar nu avea ce anume nu era în regulă, dar instinctul îi spunea că nu se înșală. Atunci și-a sunat colegul care era de serviciu în acea zonă și l-a rugat să verifice. După câteva minute, colegul i-a confirmat că bănuielile lui erau întemeiate: numărul de înmatriculare nu corespundea tipului de vehicul, iar în acea după-amiază se reclamase furtul lui. Alertați, câțiva alți polițiști s-au deplasat imediat în acel loc și au reușit să-l rețină pe șofer exact în momentul în care voia să intre în mașină. În cursul interogării, șoferul a recunoscut că a furat plăcuțele de înmatriculare și autovehiculul, cu intenția de a comite un jaf a doua zi. Fapt dovedit și de ustensilele găsite asupra lui."

Cum de a avut polițistul acea presimțire? După o intensă concentrare și observații atente, a dezlegat misterul: privise automobilul doar din spate. Și văzuse că pe numărul de înmatriculare se adunaseră insecte strivite. Nimic neobișnuit pentru o mașină, pe timp de vară – dar asemenea insecte nu pot fi descoperite decât pe plăcuța de înmatriculare din față! Nimeni nu merge cu spatele atât de repede și de îndelungat încât de ea să se poată lipi atâtea insecte moarte. Dacă hoțul ar fi ținut seama de acest detaliu, nu ar fi avut nicio problemă. În ciuda tuturor experiențelor legate de intuiție – ea rămâne un secret. De aici suspansul, nimeni nu știe exact cum funcționează mecanismul, dar ne putem lăsa în voia lui.

Când vorbeam de jocul oglindirii, la pagina 67, vă sfătuiam să adoptați aceeași ținută a corpului ca aceea a interlocutorului, pentru a afla cum se simte el în acea clipă. Deoarece, dacă faceți aceleași mișcări și intrați până la o limită anume în pielea lui, vi se deschide, grație intuiției, un univers de gânduri și veți ști cum se simte. Acest joc se desfășoară într-o sferă în care mintea se străduiește să capete acces. Spre exemplu, în programele mele de seară, când un obiect este ascuns în sala de spectacol, iar eu reușesc să-l găsesc, succesul depinde exclusiv de faptul că nu gândesc conștient unde s-ar putea afla el. Îmi urmez pur și simplu intuiția. De îndată ce încerc o abordare rațională, dau greș. Este desigur nevoie de un talent, dar acest dat poate fi exersat în continuare. Și invers, de foarte multe ori știm că ceva anume nu e în regulă, fără să ne explicăm cum și de ce. La fel ca polițistul din acea întâmplare.

În gând puteți să zburați, puteți să aveți puteri supranaturale, puteți să fiți oricine vă doriți și puteți să vă întâlniți cu oricine visați. Puteți să cântați la orice instrument și puteți să cuceriți orice pisc. Toate sunt posibile de îndată ce nu vă mai stabiliți limite, în minte. Acesta a fost și motivul pentru care am început, în 1986, să mă ocup cu prestidigitația și magia: doream să depășesc aceste limite. În lumea magiei, ele nu există. Așa mi s-a deschis o cale de evadare, într-un moment extrem de frământat pentru mine. Am reușit astfel să mă catapultez într-o lume alternativă, în care eram stăpân peste situație. Oricând.

Să presupunem că veți reuși. Imaginați-vă atunci că toate sunt cu putință, că puteți da viață oricărui plan, oricând ar fi bine ca el să se împlinească. Artiștii și sportivii așa procedează, mereu. Secretul succesului îl reprezintă imaginea lui din gând. Iată ce spunea marea violonistă Anne-Sophie Mutter într-un interviu luat de ziarul *Merkur* din München, confirmând punctul meu de pornire: „Nu am fost niciodată adepta studiului extins, de nesfârșite ore pe zi. Am studiat mereu extrem de intens și de concentrat. Dar îmi place și mai mult să rezolv de la distanță probleme de natură muzicală sau tehnică. Adică simplu, prin analiză, și nu prin repetarea continuă, aproape obtuză a unei secvențe muzicale care, dacă nu se așază în scurt timp, nu are cum să iasă bine. Înseamnă că acolo se ascunde o greșeală de gândire, iar ea nu poate fi rezolvată decât în lipsa instrumentului."

Dacă un muzician de talie mondială, cum este ea, lucrează în această manieră – mai întâi analizează, apoi gândește și interpretează mental –, cu siguranță că este cea mai bună strategie. Dacă ea nu cunoaște secretul succesului, atunci cine?

Una dintre lucrările de referință referitoare la motivație este fără îndoială analiza lui Napoleon Hill intitulată *Gândește și vei fi bogat*. Hill descrie în treisprezece principii cum se poate reuși atingerea țelurilor prin atitudine și gândire corectă. Hill a înțeles, încă din 1966, că nu ar trebui să existe limite în calea gândirii. Oricum, ideea că totul pornește de la un gând și că noi, ca inițiatori ai gândurilor noastre, suntem stăpâni pe o lume fără bariere era la fel de străveche și în 1966! Sunt cunoscute în acest sens scrierile lui Hermes Trismegist, din Antichitate, dar e posibil să avem de-a face cu un pseudonim, și de fapt să fie vorba despre o serie de învățați care au sintetizat știința lor sub numele unui autor generic, Hermes Trismegist. Aceste scrieri au avut o influență considerabilă asupra filozofilor Renașterii. Societatea secretă a francmasonilor îl adora pe Trismegist. *The Secret,* bestsellerul lui Rhonda Byrne, este, strict vorbind, numai o reluare abil împachetată a esenței scrierilor lui Trismegist, așa-numitul *Kybalion.* Chintesența acestor texte este cât se poate de simplă: prin gândire bine țintită ne putem realiza aproape toate visurile și scopurile propuse.

Să lăsăm deoparte și să ignorăm – doar pentru câteva pagini – enormitatea acestei afirmații. Haideți să o considerăm – doar pentru câteva pagini – ca pe un dat și să ne gândim bine ce-ar fi ca această afirmație să fie valabilă!

Atunci ați fi exclusiv răspunzător de viața dumneavoastră, fiind creatorul liber al lumii gândurilor personale. Aveți puterea de a hotărî. Totul se reduce la modul în care gândiți, pentru că lumea este ceea ce credeți că este. Prin gândurile dumneavoastră puteți construi întotdeauna un cadru care să vă fie favorabil. Fiți gata să acceptați orice provocare. Jens Corssen ne dă un exemplu și ne povestește că, și dacă i se întâmplă să facă o pană în miez de noapte, gândește astfel: „Mulțumesc, Instructore, pentru că mă încerci. Am crezut că nu mai ai încredere în mine. Începe o sesiune de antrenament sportiv." Exact despre asta este vorba. Care ar fi alternativa: să înjuri? Să urli? Dacă vă ajută, așa să faceți – și, după ce v-ați răcorit, începe antrenamentul. Pana tot pană rămâne, în schimb puteți influența felul cum gândiți despre ea! Deveniți constructivist. În ce fel?

CONCENTRAREA FORȚELOR

Pentru început, ținta. Concentrați-vă asupra ei. Creați-vă spațiul necesar, stabilind ritualuri. Și alungați-vă stresul din viață. Altfel nu veți deveni niciodată un bun cititor de gânduri. Deoarece, cu cât sunteți mai stresat, cu atât mai ușor reacționați la toate turbulențele care vă înconjoară. Vă lăsați mai ușor abătut din cale și nu reușiți să urmăriți consecvent un lucru anume. De aceea primul pas este cel de relaxare conștientă. Tot ceea ce scriu acum nu funcționează decât într-o stare de atenție și deconectare. Ca în hipnoză. Sugestiile hipnotizatorului nu au cum să aibă efect decât dacă mediul se află în stare de conștiență a atenției deconectate. Dacă ați găsit o metodă de relaxare eficientă, este bine să-i rămâneți fidel. Întotdeauna există mai multe căi de a ajunge la țintă și, în cele din urmă, este indiferent dacă recurgeți la tai-chi, yoga sau antrenament autogen. Vreți să cunoașteți și propria mea tehnică preferată? Am învățat-o în cursul unui seminar cu instructorul mental elvețian Andreas Ackermann. Îi aparține profesorului Johannes Heinrich Schultz, psihiatru și psihoterapeut, considerat descoperitorul antrenamentului autogen, despre care a scris primul său text în 1930. O apreciez datorită vitezei incredibile cu care acționează.

METODA „ANTRENAMENTULUI AUTOGEN"

Așezați-vă comod și relaxați-vă mușchii, atât cât reușiți să faceți instantaneu. Dar nu vă deconectați decât în măsura în care stați în continuare în siguranță pe scaun. Simțiți propria greutate pe scaun și podeaua sub tălpile picioarelor. Maxilarul și musculatura vi se relaxează. Este un sentiment plăcut.

Acum, închideți ochii și inspirați și expirați apoi din nou de trei ori, profund. La prima expirație, numărați rar 3–3–3.

La cea de-a doua expirație, numărați 2–2–2. La cea de-a treia expirație, numărați 1–1–1. Tot atunci, spuneți-vă în gând că sunteți absolut liniștit și deconectat. Nimic nu vă scoate din această stare plăcută de calm.

Acum, începeți mai întâi să vă relaxați în continuare mușchii cefei. Apoi relaxarea coboară prin umeri, pe ambele brațe, până la vârful degetelor. Coșul pieptului se destinde, iar această senzație circulă mai departe, prin stomac și spate, până în picioare. Ambele picioare se relaxează. Mai întâi pulpele, apoi gambele și în cele din urmă tălpile, până în vârful degetelor.

Undele electrice cerebrale oscilează acum la frecvența optimă. Ritmul lor poate fi măsurat. Frecvența optimă diferă puțin, de la om la om. În esență, undele cerebrale variază între 0 și 35 de hertzi (Hz). Măsurile standard sunt considerate:

- 0 până la 4 Hz: starea de inconștiență (delta).
- 4 până la 7 Hz: somn profund (starea teta).

- 7 până la 14 Hz: sunteți treaz, dar relaxat, într-o fază plăcută, plină de liniște și de armonie. În această stare aveți cel mai bun acces spre subconștient (starea alfa).
- de la 14 Hz: sunteți absolut treaz (starea beta).

Prin tehnica de relaxare descrisă aici ajungeți în starea alfa. De aceea acest antrenament mental este denumit alfa. Mulți oameni cred că nu ar fi în stare să ajungă aici. De fapt, în fiecare zi atingem această stare. Ori de câte ori vă uitați o clipă pe fereastră și vă gândiți intens la un lucru anume, vă aflați în această stare. De îndată ce îndeplinim mai multă vreme activități stupide, gândurile noastre o pornesc razna – și iată-ne în starea alfa. Când călătorim mai multă vreme pe autostradă, simțim starea alfa. Și ascultând muzică clasică ajungem tot acolo, în scurt timp. Cu siguranță că știți despre ce este vorba și cunoașteți acea stare.

Acesta este și motivul pentru care, în asemenea momente, ne vine și soluția unei probleme. Suntem liberi și tocmai ne ocupăm, poate, de cu totul altceva. Exact în acea clipă subconștientul ne arată încotro trebuie să se îndrepte călătoria.

VIZUALIZAREA ÎN STAREA ALFA

Mie îmi place cel mai mult să-mi petrec starea alfa pe o mică insulă grecească. Aud în gând freamătul blând și pașnic al mării, respir aerul sărat al mării și simt nisipul cald sub tălpi. Domnește o pace absolută. Acel loc există doar pentru mine! Odată ce am ajuns în locul stării personale alfa, pot începe să îmi conturez țelul. În starea alfa nu mă încearcă nicio îndoială. Astfel destins și motivat, mă apuc de tot ce am de făcut în acea zi.

În cursul antrenamentului mintal nu aveți voie să vă îndoiți nici măcar o secundă de felul în care ați putea să vă atingeți scopul. Îndoielile sunt otravă curată în această fază. Bucurați-vă doar de situația și de atmosfera plăcută în care vă găsiți și lăsați-vă în voia imaginilor dominante. Părăsiți acum ținta din gândul vostru și destindeți-vă din nou. Și poate, când vă așteptați mai puțin, soluția vi se va arăta limpede. De modul cum să vă apropiați de țintă trebuie desigur să țineți seama de comportamentul etic-moral. O *carte blanche,* care să permită orice mijloc, nu poate exista. Din acest motiv, vă puteți spune, la capătul reveriei: „Îmi voi atinge scopul, spre binele meu și al celorlalți." Propoziția îi aparține lui Andreas Ackermann, iar eu consider că reprezintă o încheiere frumoasă pentru orice asemenea vizualizare.

După faza de vizualizare, întoarceți-vă din nou în spațiul dumneavoastră de vis și numărați în gând, rar, de la unu la cinci. Deschideți ochii și așteptați până când ați revenit complet la realitate. Apoi nu vă mai gândiți activ la ținta dorită.

De altfel, antrenamentul mental nu înlocuiește acțiunea, ba chiar dimpotrivă. Dacă vă doriți cu adevărat ceva, trebuie să și acționați. Sau, ca să recurgem la cuvintele lui Sofocle: „Cerul nu ajută niciodată celor care nu vor să treacă la faptă." Dar nici cu acest gen de antrenament nu este posibil să obții orice. Nu oricine obține orice. Eu, spre exemplu, nu am să ajung niciodată campion mondial de box la categorie grea. În ciuda oricăror eforturi trupești și spirituale, așa ceva nu aș reuși niciodată. Pentru a vă verifica rostul țintelor personale, ar trebui să vă răspundeți la următoarele întrebări:

- Cu adevărat nu-mi doresc nimic mai mult decât să ating aceste ținte?
- Intră oare țintele mele în contradicție?
- Sunt țintele mele realiste?
- Sunt suficient de ambițioase?
- Există vreo țintă care poate fi nechibzuită?

Notați-vă răspunsurile, pentru ca totul să fie limpede, astfel puteți fi împăcat cu totul, lăsându-vă subconștientul să îndeplinească restul. Zi și noapte, chiar și când dormiți. Prietenul și colegul meu dr. Michael Spitzbart numește asta „viață cu servodirecție". Exact asta este. Încercați și veți vedea ce forțe prind aripi.

REDUCEREA TEMERILOR – UN EXERCIȚIU

Gândurile bune pot reprezenta cheia pentru a atinge un obiectiv. La fel, gândurile greșite pot împiedica reușita. Frica de propria existență, frica de eșec, frica de a pierde – frica poate deveni atât de puternică, încât să paralizeze judecata, împiedicând-o să mai poată hotărî ceva. Pentru a vă stăpâni frica, trebuie să vă transpuneți în starea alfa. Odată ce ajungeți în spațiul visurilor, începeți să vă imaginați o oglindă de mari dimensiuni, cu o ramă lată, neagră. Acum, vizualizați-vă în ea propria frică. Să presupunem că avem de-a face cu frica de examene. Adăugați acolo tot ceea ce vă îngrijorează. Până când oglinda se umple cu totul. După aceea imaginați-vă cum distrugeți acest scenariu al spaimei cu un ciocan. Sticla se sparge în mii de cioburi. Mai departe, imaginați-vă că cioburile dispar, iar rama neagră se dizolvă. Acest tablou nu-l veți mai vizualiza niciodată! Acum, imaginați-vă lângă locul unde s-a aflat oglinda neagră o oglindă cu rama albă. În această oglindă veți recunoaște aceeași situație, dar care se desfășoară acum așa cum vă doriți. Imaginați-vă fiecare detaliu cât mai exact cu putință. Când sunteți absolut mulțumit, parcurgeți numărătoarea inversă de revenire în lumea reală.

Și eu recurg la un ritual pentru a-mi reduce frica dinaintea reprezentațiilor și pentru a mă concentra: înainte de a intra pe scenă, în sală se difuzează de fiecare dată aceeași piesă, „Changes", a grupului Yes. În vremea asta, eu stau în culise și ascult împreună cu publicul. Cântecul îmi dă energia de care am nevoie. Nu trebuie decât să ascult concentrat. Apoi simt cum se apropie tot mai tare năluca a ceea ce urmează să se petreacă. Sunt cât se poate de concentrat asupra acelui moment și mă bucur că mă voi afla imediat pe scenă. Odată ce vine sfârșitul melodiei, se aprind reflectoarele și pot începe. Grație acestui ritual, reușesc să-mi transform emoția scenică în energie pozitivă.

CUM SĂ SCHIMBĂM TRECUTUL

De la mijlocul anilor 1970 se desfășoară cercetări științifice despre cum se pot modifica amintirile. S-au făcut nenumărate încercări în acest sens. Specialista în psihologie Elisabeth Loftus, spre exemplu, le-a prezentat subiecților ei filmul unui accident de automobil. În imagini se vedea o mașină de culoare roșie care circula pe un drum și la o intersecție a cotit și în cele din urmă a produs un accident. Apoi în imagine apărea un indicator de stop. După aceea conducătorul experimentului a pus o întrebare în care se referea explicit la automobilul care a ignorat indicatorul de cedează trecerea. Mai târziu, subiecţilor li s-au prezentat încă două imagini. Ambele cu locul accidentului. Pe una se vedea un indicator de stop, pe cealaltă, un indicator de cedează trecerea. Participanţii au fost convinşi, în majoritate, că au văzut încă de la prima vizionare indicatorul de cedează trecerea. Rezultatele acestor studii au determinat efectuarea a nenumărate alte experimente care au demonstrat, fără excepţie, cât de greu este să-ţi aminteşti cu exactitate toate detaliile. De aceea se şi întâmplă atât de frecvent ca depoziţiile martorilor să fie greşite.

Cele mai uluitoare rezultate, din punctul meu de vedere, au fost cele obţinute la University of Wellington. La studiu, în care era vorba despre amintiri din copilărie, au luat parte douăzeci de persoane. Conducătoarea experimentului, Kimberly Wade, şi-a procurat fotografii ale subiecţilor săi de când erau mici, din care a alcătuit fotomontaje. Printre ele, apărea imaginea unei călătorii cu balonul, la care nimeni nu participase niciodată. În afară de asta, Kimberly Wade a mai făcut rost de trei alte fotografii, cu întâmplări reale din copilăria participanţilor la experiment.

Pentru început, subiecţilor le-au fost prezentate fotografiile, fără niciun comentariu. Li s-a cerut să vorbească despre evenimentele evocate de imagini. Încă din acest moment, şapte dintre cei douăzeci nu au băgat de seamă că nu zburaseră niciodată cu balonul, aşa cum părea să indice o fotografie. Dimpotrivă, oamenii au descris detaliat evenimentul! După întâlnire, participanţii au fost rugaţi să se mai gândească o dată la amintirile evocate de fotografii. În ultima discuţie cu subiecţii, nu mai puţin de zece dintre ei au făcut relatări amănunţite despre zborul cu balonul, care nu avusese niciodată loc. În cursul unor experimente asemănătoare, cei chestionați au dat și ei detalii despre întâmplări neadevărate, relatând spre exemplu că:

- în copilărie s-au pierdut într-un mall;
- în copilărie s-au îmbolnăvit de otită și au fost transportați noaptea la spital;
- în timpul unei nunți au răsturnat bolul cu punci peste socrii mici;
- au fost evacuați dintr-un supermarket, din cauza unei alarme de incendiu;
- au uitat să tragă frâna de mână a unui automobil, care o luase la vale.

Și multe altele. Fără nicio urmă de adevăr!

În capitolul „Corpul ne trădează gândurile" am descris cum preocuparea față de o amintire pozitivă sau negativă ne influențează starea de spirit. Poate tocmai acesta a fost și scopul celor chestionați. În afară de asta, nu putem judeca decât în prezent. Gândurile noastre nu fac deosebirea dintre trecut și viitor. Dacă evocați din memorie trăiri pozitive din trecut, declanșați astfel reacții corporale care, funcție de intensitatea amintirii, pot fi la fel de intense ca în clipa când s-au petrecut în realitate. Și acum îmi dau lacrimile când mă gândesc cu suficientă concentrare la nașterea copiilor mei. Să mergem un pas mai departe.

EXPERIMENTUL AMINTIRII

Gândiți-vă intens, vreme de 30 de secunde, la o scenă preferată dintr-un film. Apoi faceți o schimbare, gândindu-vă 30 de secunde la o petrecere la care ați fost invitat. Veți simți că trăirea ambelor amintiri are aceeași intensitate. Sunteți în măsură să evocați din memorie o scenă la fel de repede ca pe cealaltă. Este posibil chiar ca întâmplarea fictivă – scena din film, în cazul nostru – să aibă un efect mai puternic asupra clipei de față decât atunci când ați trăit-o prima oară.

Gândurile nu fac deosebirea între realitate – orice ar însemna ea – și vis. În mintea noastră nu facem nicio diferență între o trăire concretă și cele pur imaginare. Studiul descris, cu fotomontajele din balon, susține cât se poate de limpede această teză: gândurile nu se ocupă decât de intensitatea amintirii. Cu alte cuvinte, orice amintire – fie ea autentică sau închipuită – prezintă același efect! O scornire intensă este pentru mintea noastră la fel de valabilă ca o experiență reală. Cunoașterea acestui fapt poate fi extrem de prețioasă pentru unii oameni.

Știind asta, este posibilă modificarea propriului trecut. Să presupunem că ați trecut printr-o situație care vă mai supără și în prezent. Nimeni nu este scutit de asemenea incidente. Să spunem că ați fost agresat verbal, iar în acel moment de derută nu ați găsit un răspuns pe măsură. Aproape de fiecare dată se întâmplă ca replica potrivită să ne vină după câteva minute, ca din senin – dar este prea târziu. Am pierdut cursa. În loc să ne supărăm pentru încă o ocazie ratată, putem încerca următoarea abordare: ne transpunem în starea alfa și parcurgem din nou întâmplarea – *imaginându-ne însă că i-am dat partenerului de discuție replica decisivă!* Vă veți simți dintr-odată mai bine. Apoi v-ați fixat în subconștient răspunsul cuvenit și, la nevoie, în situații asemănătoare, îl puteți folosi.

Am vorbit aici despre un exemplu simplu, apar însă și întâmplări mai complicate. Și în asemenea cazuri există mijloace potrivite:

- Imaginați-vă acea amintire în alb-negru sau modificați-i culorile.
- Alungați cu totul imaginea acelei amintiri.
- Recurgeți la oglinda cu ramă neagră de care vorbeam și distrugeți scena.
- Răsturnați cu totul imaginea acelei amintiri.
- Priviți scena dintr-o perspectivă panoramică.
- Schimbați piesele de îmbrăcăminte, cuvintele și orice altceva v-ar mai putea deranja.

De acum înainte, trecutul nu vă va mai slăbi poziția, ci dimpotrivă, vă va întări. În acest fel, vă câștigați o nouă vitalitate.

5

CLIPA PUTERII

„Acum trăim acele vechi vremuri bune pe care le vom regreta peste zece ani", spunea odată înțeleptul Sir Peter Ustinov, și nu pot decât să mă declar de acord cu el. Ați făcut primii pași în arta de a citi gânduri și a sugestiei. Din acest moment aveți nevoie să exersați în viața de zi cu zi. Începând chiar de acum. Amânarea nu ar face decât să vă îndepărteze de țintă. Încercați, asta este tot ce vă pot spune. Știu bine despre ce vorbesc. În copilărie am avut un prieten foarte bun. Am fost colegi de bancă încă din școala elementară și am rămas și după aceea foarte apropiați. Alături de el am trăit majoritatea evenimentelor definitorii ale acelei vârste. Nici dragostea mea față de muzică, de limbi străine și de natură nu ar fi fost astăzi la fel de pronunțată, dacă nu ar fi existat el. La un moment dat s-a îmbolnăvit, fiind diagnosticat cu o tumoare la șold. După îndelungate tratamente de chimioterapie și o operație extrem de grea, s-a făcut din nou bine. Am stat alături în acele vremuri grele, ceea ce ne-a apropiat și mai mult, devenind, practic, nedespărțiți.

Am convenit cu el și cu mai mulți alți prieteni să ne întâlnim într-o seară de vară, ca să urmărim împreună un anumit program la televizor. Când a apărut prietenul meu, mi-am dat seama imediat că era ceva în neregulă. M-a rugat să ies o clipă cu el din cameră și mi-a povestit că medicii stabiliseră chiar în acea zi că boala îi revenise, găsiseră metastaze în plămân. A fost o lovitură năprasnică. Asta însemna pentru el să înceapă din nou chimioterapia, cel puțin încă o operație dificilă și temerile inerente.

În vara aceea am găsit, într-un magazin, ceva ce știam sigur că i-ar face o mare plăcere prietenului meu. Am cumpărat obiectul, cu gândul să i-l fac cadou de ziua lui. Adică pe 2 martie, în anul următor. Dar n-am vrut să-mi scape ocazia și am făcut achiziția, iar apoi am pus cadoul într-un sertar. Aici urma să stea până venea ziua lui. La 12 august – cu nici șapte luni înainte să împlinească 18 ani – s-a stins din viață. Am păstrat cadoul acela până astăzi.

Pierderea unei persoane apropiate este una dintre cele mai dureroase experiențe prin care poți trece. După moartea prietenului meu, în viața mea s-au petrecut multe schimbări. Unele cu bătaie azi. Iar una dintre cele mai importante învățături pe care le-am tras din această întâmplare este aceea că unele ocazii le ai o singură dată. Această trăire a produs o schimbare fundamentală în atitudinea mea: dacă văd ceva despre care știu că i-ar face plăcere unei persoane dragi, îi fac imediat un cadou. La fel și alte lucruri: sub niciun motiv nu mai accept să amân, a trăi înseamnă acum.

Celor mai mulți oameni nu le reușește. Își consacră cea mai mare parte a atenției trecutului și amintirilor sau planurilor și țintelor din viitor. „Vai, ce frumos a fost pe vremuri!" sau „După ce îmi voi atinge țelul, voi fi fericit".

Gândind astfel, vă lipsiți de percepția directă a clipei. Și îi răpiți clipei puterea, când exact de această percepție aveți nevoie pentru a citi gândurile.

Desigur că există o obișnuință și uneori nu e rău să aruncăm o privire spre trecut, dar puterea autentică nu o are decât clipa, nu ziua de ieri și nici cea de mâine. Prin urmare, cel mai simplu e să vă concentrați asupra prezentului, încercând să pătrundeți în gândurile celor din jur.

REGULA CELOR 72 DE ORE ALE SUCCESULUI

Nu mai știu de unde am auzit prima dată despre acest principiu, dar de atunci mă folosesc adesea de el și s-a dovedit cu adevărat eficient. Potrivit regulii, dacă avem intenția să punem în aplicare un plan, trebuie să o facem în următoarele 72 de ore, altfel vom amâna până vom renunța cu totul. Să presupunem că doriți să reluați legătura cu un vechi prieten bun și să-i trimiteți un e-mail. Dacă nu treceți la treabă în următoarele 72 de ore despre care vorbim, probabil că nu-i veți mai scrie niciodată. Rezultatul este rezumat de formula: „Ar fi trebuit să o fac." Dacă nu cumpărați repede bilete la teatru, nu o veți mai face niciodată, iar formula se transformă în „Tare aș fi vrut să..."

De multe ori le permitem altora să ne răpească entuziasmul sau ne convingem de bunăvoie să renunțăm, spunându-ne că nu are niciun rost. Utilizarea tehnicilor mentale se învață la fel ca un instrument muzical. Poate că mulți vor spune: „Oricum este prea târziu să te apuci de asta. Ca să stăpânești cu adevărat asemenea tehnici, trebuie să începi din copilărie." Acum ajungem la una dintre formulele mele preferate: „Ce nu a învățat Hänschen[1], Hans nu va învăța niciodată!" Oare să fie chiar adevărat? Lăsați deoparte orice rezerve și puneți-vă întrebarea: de ce țin să învăț asta? Pentru că este amuzant, cu siguranță. Dacă așa stau lucrurile, mergeți mai departe. Cu siguranță că nu vreți să deveniți următorul Glenn Gould, ci doar să vă distrați, încercând să faceți ceva inedit. Pentru asta niciodată nu este prea târziu. Zicala cu Hans nu se adeverește. Există nenumărați oameni care au făcut târziu o pasiune pentru o nouă ocupație, dar care au progresat și au ajuns la realizări excepționale.

Gilbert Kaplan, spre exemplu. La douăzeci și cinci de ani a întemeiat o revistă. La patruzeci, și-a vândut afacerea pe bani. Mulți. Și atunci, la acea vârstă, în el s-a trezit dorința de a dirija Simfonia numărul 2 în do minor de Mahler. Mai exact în colaborare cu o orchestră importantă. El era de părere că tuturor interpretărilor de până atunci le lipsea ceva. A fost singurul motiv pentru care Kaplan și-a vândut afacerea: dorea să realizeze mai mult și mai bine! Toată lumea l-a considerat nebun, iar experții au fost de părere că este imposibil. Este adevărat, Kaplan studiase pian în copilărie, dar la cei patruzeci de ani ai săi nu putea cânta nici la pian, nici la alt instrument. El a ignorat părerea tuturor și s-a concentrat exclusiv pe acest țel personal. A luat lecții de la cei mai buni dirijori și a muncit mult și din greu. Doi ani la rând. Rezultatul: Gilbert Kaplan a înregistrat în 1996 cel mai de succes album de muzică clasică al acelui an!

---

[1] Micul Hans (n. tr.).

Nu vă lăsați niciodată descurajat, de nimeni. Sunteți singurul răspunzător de conținutul gândurilor și de direcția voinței personale. Odată ce ați înțeles limpede că există întotdeauna o alternativă la situația actuală, veți dori inevitabil să nu rămâneți pe loc. Veți dori să vă mișcați, să realizați mai mult din propria viață, ceea ce poate să însemne și să deveniți un bun cititor al gândurilor și firii omenești. Succesul personal nu este deloc exclus. Și aveți circa 72 de ore la dispoziție ca să vă puneți pe treabă.

6

SE POATE MAI MULT DECÂT VĂ IMAGINAȚI

Acum trei ani am primit un e-mail de la bunul meu prieten și coleg Markus Beldig, în care îmi povestea că la Universitatea din Copenhaga a fost propus următorul subiect de examen la fizică: „Explicați cum se poate stabili înălțimea unui zgârie-nori cu ajutorul unui barometru." Un student a dat acest răspuns: „Leg barometrul de un șnur lung și îl cobor din vârful blocului. Lungimea firului plus cea a barometrului sunt egale cu înălțimea clădirii." Acest răspuns original i-a supărat pe examinatori în asemenea hal, încât l-au picat pe student fără nicio altă discuție. Studentul a contestat această decizie, pe motiv că soluția era riguros corectă. În cele din urmă, universitatea a intervenit în această dispută și a apelat la un arbitru independent. Acesta a stabilit că răspunsul era cu adevărat corect, în schimb nu lăsa loc niciunei concluzii asupra cunoștințelor de fizică ale studentului.

Pentru a ieși din impas, s-a luat hotărârea ca studentului să i se acorde șase minute pentru a demonstra în fața unei comisii, printr-un răspuns oral, că stăpânește măcar principiile fundamentale ale fizicii. Vreme de cinci minute, studentul a rămas absolut tăcut și adâncit în gânduri. Fără să scoată o vorbă. Arbitrul i-a amintit studentului de timpul care se scurgea, la care studentul i-a răspuns că are în deja minte mai multe soluții relevante, dar că nu se poate hotărî pe care dintre ele să o prezinte. Atunci a fost îndemnat să se grăbească, iar el a prezentat mai întâi următorul răspuns: „Acum, aș putea să urc cu barometrul până pe acoperiș, de unde să-l las să cadă la pământ, cronometrând cât durează până la impact. Pot calcula astfel înălțimea acelui zgârie-nori prin formula $H = 0{,}5g \times t^2$ – dar asta nu i-ar face bine barometrului."

Pe urmă și-a continuat explicațiile: „Sau, presupunând că soarele strălucește, aș putea măsura înălțimea barometrului și apoi l-aș plasa vertical, ca să-i măsor înălțimea umbrei. Pe urmă stabilesc lungimea umbrei pe care o aruncă blocul. Din aceste date este cât se poate de simplu să calculez înălțimea clădirii, prin aritmetică proporțională."

Apoi a venit cu o nouă propunere: „Însă, dacă insistați să primiți o soluție de înaltă subtilitate științifică: barometrul poate fi legat de un fir scurt și legănat încolo și încoace, ca un pendul, mai întâi la baza clădirii, apoi pe acoperiș. Înălțimea poate fi apoi calculată pe baza diferenței de forțe de revenire."

Dar am putea proceda și în acest fel: „Dacă acel zgârie-nori ar fi prevăzut cu scară de incendiu exterioară, ar fi simplu să o urcăm, trasând pe ea, unul câte unul, semne care punctează lungimea barometrului. Suma lungimilor barometrului ar reprezenta înălțimea clădirii. Însă dacă doriți totuși soluția convențională, oricât de plicticoasă ar fi ea: bineînțeles că putem măsura cu barometrul presiunea atmosferică la baza și în vârful clădirii și transforma diferența din milibari în centimetri, stabilind astfel înălțimea ei. Cum însă am fost întotdeauna îndrumați să gândim liber și să lucrăm științific, metoda fără îndoială cea mai bună ar fi să sunăm la ușa administratorului și să-i spunem: «Vă dăruiesc acest frumos barometru dacă îmi spuneți ce înălțime are blocul dumneavoastră.»" Potrivit legendei, studentul nu era altul decât Niels Bohr, singurul danez care a fost distins până acum Premiul Nobel în fizică.

Nu știu dacă examenul s-a desfășurat cu adevărat în acest fel. Însă povestea arată cât se poate de sugestiv că un țel poate fi atins pe mai multe căi. Și este de fapt următorul argument pe care aș vrea să vi-l ofer pentru a o porni pe calea deprinderii strategiilor mentale. Orice problemă are mai multe soluții, nu una singură. Mulți oameni fac greșeala să renunțe la obiectivele lor din cauză că nu le pot atinge printr-o metodă anume, în loc să schimbe pur și simplu metoda, mai exact de atâtea ori până când ajung la rezultatul dorit. Asta nu înseamnă că scopul scuză mijloacele. Ci dimpotrivă: mijloacele scuză scopul, așa cum spune psihologul dr. Serge Kahili King.

Prin urmare, dacă observați că vă puteți atinge țintele prin propriile dumneavoastră sugestii pozitive, atunci folosiți-vă de acest instrument. Dacă vă dați seama că o asemenea metodă nu vi se potrivește, motivați-vă altfel, identificând instrumentul adecvat. Sper că v-am pus la dispoziție suficiente mijloace dintre care să îl alegeți pe cel mai potrivit, ținând seama întotdeauna că puteți să o porniți și pe o altă cale, cu totul nouă. Dar trebuie să nu uitați că succesul obținut pe o cale nemiloasă va atrage aproape sigur și reacții nemiloase la adresa dumneavoastră. Iar când reușiți să vă atingeți țelul propus, ajutați-i și pe cei din jur, iar ei vă vor fi recunoscători, ajutându-vă când veți fi în impas. În acest fel se păstrează justa măsură.

În secțiunea „Limbajul creează realitate" afirmam că șarlatanii breslei noastre se folosesc de anumite tehnici pentru a ușura de bani victime inocente. Dar asta nu înseamnă că nu există și oameni capabili cu adevărat să își aprecieze partenerii de discuții la justa lor valoare. Niciodată nu se poate pune o etichetă generală! Pentru că nu se poate explica până la capăt puterea intuiției, ceea ce nu înseamnă deloc că ea nu există și nu are efect.

În Evul Mediu întunecat, când vrăjitoarele erau arse pe rug, se făceau următoarele încercări: vrăjitoarei prezumtive i se legau mâinile și picioarele și era aruncată într-un râu, de pe un pod. Dacă femeia se ducea la fund, însemna că nu este vrăjitoare. Dacă apa scotea pur și simplu corpul la suprafață, însemna că femeia se află într-o legătură cu Lucifer, așa se credea, și era arsă pe rug. Unui inchizitor din Spania această metodă nu i s-a părut suficient de sofisticată și i-a venit următoarea idee: punea șase bile negre și una albă într-un săculeț din material opac. Femeia acuzată de vrăjitorie trebuia să extragă pe bâjbâite o bilă din pungă. Dacă bila era neagră, era arsă pe rug. Dacă bila era albă, era lăsată să plece, nevătămată. Nu se pune problema să descoperim logica unei asemenea încercări. De fapt, toată demonstrația ar fi trebuit să se desfășoare invers. Dar pe atunci nu ținea nimeni seama de logică, cu atât mai puțin de adevăr. Ați fi fost cu siguranță pus sub acuzare pentru că țineți în mână această carte – în ce mă privește, nu prea îmi vine să mă gândesc la acele vremuri... Este demn de menționat, de altfel, că trei sferturi dintre femeile puse sub acuzație trăgeau bila albă! Nimeni nu știe cum se întâmpla una ca asta.

În 1898 a apărut romanul *Futility* (inutilitate sau deșertăciune) de Morgan Robertson. Autorul descria scufundarea unui pachebot de lux, cel mai mare din acele vremuri. Nava inventată de el în carte măsura 882 de picioare, cântărea 66 000 de tone, avea la bord 3 000 de pasageri și membri ai echipajului și prea puține bărci de salvare, mai exact 24. Potrivit romanului, pachebotul nu se putea scufunda. Și, ca o încununare, Robertson și-a botezat vasul *Titan! Titanicul* – de care a auzit oricine, cel puțin din film – era în 1912 cel mai mare pachebot al acelor vremuri. Măsura 800 de picioare, cântărea 70 000 de tone și avea la bord 3 360 de persoane. Și: nu existau decât 20 de bărci de salvare... Cum a fost posibil ca un om să spună o asemenea poveste cu 14 ani înainte de naufragiul real – și cu 100 de ani înainte de Leonardo DiCaprio și Kate Winslet, perechea de vis din film? Să fi fost o întâmplare? Nu știu!

Un alt exemplu: fratele meu a luat odată cu el în mașină motanul familiei, când s-a dus să-l aducă pe tata de la cabinet. Când tata a deschis portiera, motanul a sărit din mașină și a fugit. Cabinetul se afla la circa cinci kilometri de locuința noastră. Deși motanul nu mai fusese niciodată la cabinetul de stomatologie al tatălui meu (nici n-ar fi existat un motiv!), iar clădirea se afla în centrul localității – un cartier extrem de neprimitor pentru pisici –, a apărut după câteva zile acasă la noi, lihnit de foame. Cum a găsit drumul? Nimeni nu a reușit să explice până acum!

Vreau să vă spun că posibilitățile sunt infinite, nimeni nu le poate cuprinde cu mintea. În absolut orice situație.

Oamenii de știință trebuie și ei să se încline în fața acestei realități, inclusiv Niels Bohr. Într-o zi se afla în drumeție împreună cu un prieten, și el om de știință, îndreptându-se spre cabana lui din munți. Ajunși acolo, prietenul său a remarcat imediat că Bohr atârnase deasupra ușii o potcoavă și s-a arătat foarte mirat că un om de știință atât de rațional, de genial ca Niels Bohr, să facă una ca asta și i-a zis: „Spune-mi, doar nu crezi într-o asemenea absurditate?!" Iar Niels Bohr i-a răspuns: „Bineînțeles că nu... Dar funcționează."

CUVÂNT DE ÎNCHEIERE

Sunt cât se poate de onest, vă povestesc o mulțime de detalii din viața mea personală și vă împărtășesc o mulțime de experiențe și de așteptări, cu scopul de a vă iniția în arta mea, în arta de a citi gândurile. Tot ce am descris aici reprezintă pentru mine realitatea și rutina zilnice. Nu sunt, după cum știți, om de știință, ci susțin conferințe și seminare și prezint spectacole, menite să dezvăluie câte ceva din arta mea, din dorința de a aduce un zâmbet pe chipul publicului.

Toate metodele mentale prezentate sunt folosite de mine în viața de zi cu zi și mi-au adus multe servicii. Vă urez să vă fie și dumneavoastră de același folos în tot ce faceți, spre progresul personal și pentru o viață mai calmă și mai fericită.

Recitind acest text, mi-am dat seama că descriu multe aspecte tehnice, fără să le explic. Dar aici nu este vorba de dovezi, pentru mine fiind mult mai important să vă sensibilizez dintr-un alt punct de vedere. Dacă veți reuși să contemplați cu imparțialitate ceea ce vă înconjoară – într-adevăr deosebit de dificil și solicitant –, veți vedea lumea în complexitatea ei, iar atunci o veți putea cuprinde cu toată puterea gândurilor.

BIBLIOGRAFIE

Ackermann, Andreas: *Easy zum Ziel. Wie man zum mentalen Gewinner wird*, Anwil 2000

Bandler, Richard / Grinder, John: *Therapie in Trance. NLP und die Struktur hypnotischer Kommunikation*, Stuttgart 1984

Bandler, Richard / Grinder, John: *Neue Wege in der Kurzzeit-Therapie. Neurolinguistische Programme*, Junfermann Verlag, Paderborn 1981

Bauer, Joël / Levy, Mark: *How to Persuade People Who Don't Want to be Persuade. Get What You Want – Every Time!*, New Jersey 2004

Brown, Derren: *Tricks of the Mind*, Londra 2006

Cohen, Steve: *Win the Crowd. Unlock the Secrets of Influence, Charisma and Showmanship*, New York 2005

Collett, Peter: *Ich sehe was, was du nicht sagst. So deuten Sie die Gesten der anderen – und wissen, was diese wirklich denken*, Bergisch Gladbach 2004

Corssen, Jens: *Der Selbst-Entwickler. Das Corssen Seminar*, München / Wiesbaden 2002

Ebeling, Florian: *Das Geheimnis des Hermes Trismegistos. Geschichte des Hermetismus*, München 2005

Eberspächer, Hans: *Gut sein, wenn's drauf ankommt. Erfolg durch Mentales Training,* München 2008

Fedrigotti, Antony: *Der Power Thinker. Mehr Mut zum Erfolg,* München 2005

Forer, Bertram R.: „The Fallacy of Personal Validation. A Classroom Demonstration of Gullibility", în: *Journal of Abnormal and Social Psychology* 44, pp. 118–123, 1949

Gladwell, Malcolm: *Blink! Die Macht des Moments,* München 2007

Hill, Napoleon: *Denke nach und werde reich. Die 13 Gesetze des Erfolgs,* München 2000

King, Serge Kahili: *Der Stadt-Schamane,* Stuttgart / Berlin 1991

McGill, Ormond: *The New Encyclopedia of Stage Hypnotism,* Carmarthen, Wales 1996

Molcho, Samy: *Körpersprache,* München 1983

Ready, Romilla / Burton, Kate: *Neuro-Linguistisches Programmieren für Dummies,* Weinheim 2005

Rosenthal, Robert / Jacobson, Lenore: *Pygmalion in the Classroom. Teacher Expectation and Pupils' Intellectual Development,* New York 1992

Rowland, Ian: *Full Facts Book of Cold Reading,* Londra 1998

Seidl Barbara: *NLP. Mentale Ressourcen nutzen,* Planegg bei München 2007

Strauss, Neil: *Die perfekte Masche. Bekenntnisse eines Aufreißers,* Berlin 2006

Tapperwein, Kurt: *Die hohe Schule der Hypnose. Grenzen, Chancen, Risiken,* München 2002

Watzlawick Paul: *Wie wirklich ist die Wirklichkeit? Wahn, Täuschung, Verstehen,* München 1976

Wiseman, Richard: *Quirkologie. Die wissenschaftliche Erforschung unseres Alltags,* Frankfurt 2008

MULȚUMIRI

Barbarei Laugwitz și lui Ulrike Meiser pentru încrederea lor, pentru buna colaborare și pentru redactarea textului!

Christianei, un complice și magician al meu.

Părinților mei, care mi-au permis întotdeauna să-mi văd de calea mea.

Lui Karl Haas, care pentru mine a fost mai mult decât un manager de turnee.

Lui Marc Stöckel, care m-a reprezentat foarte bine și fără de care editura nu m-ar fi băgat probabil în seamă.

Lui „Voit Family", Oliver Inteeworn, Tim Inteeworn, Carlotta, Vincent, Marlena, Matze Fischedick, Yves Loris, familiei Meißner – și în primul rând lui Jörg, Michael Spitzbart și Marion, Markus Beldig („How many fingers do you see?"), Michael Rossié (rege al regilor) și Satori, la fel și tuturor spectatorilor și participanților la seminarele mele, cărora le datorez tot succesul.

CUPRINS

WITH LOVE,
BAROQUE

SAVOIR-VIVRE®

O colecţie de formare şi rafinare a personalităţii, *à la légère,* fără nicio declaraţie de intenţie programatică.
Enciclopedii şi alte lucrări capabile să corecteze micile imperfecţiuni şi să răspundă la marile întrebări cu graţie, umor şi inteligenţă, pentru cititorii care îşi caută bucurii oneste într-o lume a speranţelor amânate.